LAST　東京駅おもてうら交番・堀北恵平

内藤　了

角川ホラー文庫
23431

目次

【主な登場人物】

堀北恵平　丸の内西署地域総務課地域対策係巡査。長野出身。
平野腎臓　丸の内西署組織犯罪対策課の駆け出し刑事。
桃田　亘　丸の内西署の鑑識官。愛称〝ピーチ〟。
水品智哉　久松警察署・刑事生活安全組織犯罪対策課の駆け出し刑事。
浦野一彦　科学警察研究所犯罪予防研究室所属の捜査官。
浅川萬治　平野の先輩刑事。
柏村敏夫　『東京駅うら交番』のお巡りさん。
永田哲夫　柏村の後輩だった刑事。
明野正一　昭和三十四年に殺害されたカストリ雑誌の記者。

——人生は出会いである。その招待は二度と繰り返されることがない。

『指導と信徒』ハンス・カロッサ——

プロローグ

昭和三十五年七月三日、日曜日の夜。

東京駅うら交番に勤務する柏村敏夫(かしむらとしお)は、お隣の子供らが交番に飾ってくれた七夕飾りを眺めていた。七夕祭りの笹竹は街の随所に立てられて、細長い枝先に短冊や紙細工の野菜や提灯(ちょうちん)や吹き流しが揺れている。商店街の短冊は『織り姫』『彦星(ひこぼし)』『七夕』など当たり障りのない文言が並んでいるが、交番の短冊には拙(つたな)い文字で、『お巡りさん　おしごと　たいへん　ありがとう』と嬉(うれ)しい言葉が書いてある。願い事は『げっこうかめん』や『まぼろしたんてい』で、お隣の子供らは大人になったら『月光仮面』や『まぼろし探偵』になりたいようだ。

七夕のころは早朝の畑で子供らが芋の葉に溜(た)まった露を集める。それで墨をすって短冊に願い事を書くと習字が上達すると言われるからだが、昨今は芋畑も随分減って、今年は学校の芋畑で朝露を集めてきたらしい。

子供らの短冊が風で翻るのを眺めていると、世の中は平和で何事もなく、明るい未来しか待ち受けていないと思わせられる。激動の時代は過ぎて、東京の近代化は目まぐるしく進み、人々の暮らしも豊かになった。柏村は風が裏返した『げつこうかめん』の短冊を表に直して、この子が促音を覚えて『つ』の字を小さく書くようになる日はいつだろうと考えた。子供は日々成長するが、老いた自分は時の流れが次第に緩慢になっていくように思われるのだ。

銭湯帰りの親子連れが高架下のトンネル小路をやって来て、柏村に気付くと会釈した。子供が手を振ってくれたので、柏村も笑顔で振り返す。親たちは両側から子供の手を握り、ブランコのように揺らしながら去って行く。彼らの姿が暗がりの向こうへ消えた後も、子供の笑う声が時折聞こえた。

しばらくすると大股で歩く者の足音がした。入れ替わりに来たのは小路奥にあるラーメン屋の店主で、老人の腕を摑んでいる。柏村を見ると顎を突き出し、

「お巡りさん、お巡りさん」

と、店主が呼んだ。老人の背中を乱暴に小突いて交番の前に立たせると、「ふん」と鼻から息を吐く。

ラーメン屋は柏村がよく出前を取る店で、八席ほどを女将さんと二人で切り盛りし

ている。店主は白の仕事着にエプロン姿で、素足に雪駄をつっかけていた。

「こんばんは。どうしたね？」

柏村より先に老人を交番へ押し込むと、店主は鼻息荒くこう言った。

「どうもこうも、この爺さん、オケラでラーメン喰いやがってよ」

オケラとは無一文のことである。つまりはタダ食いしたということらしい。突き出された老人は暴れもせずに俯いて、若い店主のほうが激高している。

柏村は交番に入って扉を閉めると、執務室のデスクに就いた。

「そうか。それはいかんなあ」

「だろ？　俺ぁしがねえラーメン屋だがよ、毎朝暗いうちに起きて仕込みして、暗くなっても働いてんだ。それなのに、なにが腹立ってこの野郎、いけしゃあしゃあと暖簾をくぐって入って来やがって、堂々と注文しやがったんだよ。それがよ、まあ聞いてくれ。後ろめたさの欠片もねえ頼み方でな。あ？　なんだってんだ？　このジジイは、財布の中身がスッカラカンで、店に入ってきたときからよ、飯代を踏み倒す気だったってことじゃあねえか、それがなんで金持ってますって顔で暖簾くぐって入ってくんのよ？　俺ぁその了見が気に入らねえんだ」

「はじめから踏み倒す気で入ったのかね？」

柏村が訊くと、老人はさらに体を縮めて、

「へえ。そうです……すみません」

と、震えながら頭を下げた。

怒った店主は仁王立ちになって腕組みをしているので、柏村はため息を吐いた。

「金もないのにどうして店に入ったのかね？」

さらに問うと、消え入るような声で老人は言った。

「……へえ……もう……腹が減って死にそうで……どうせ死ぬなら旨いもの喰ってからにしようと……」

「お宅のラーメンはいい匂いがするからねえ」

と、柏村も言った。

「そりゃ俺と母ちゃんが丹精込めて作ってるからじゃねえか」

老人は店主に向き合うと、床に膝を折って土下座した。

「すみません、すみませんでした。お店の前を通ったら……ラーメンの匂いに釣られてしまって……」

その頭を、店主はポカンとげんこつで殴った。

「これ。よしなさい」

「お巡りさんは黙っててくれ。やい、ジジイ。俺が腹を立ててる理由がわからねえかい、こんちくしょう。てめえはよ、表から堂々と暖簾をくぐって来やがって、それで銭が払えねえじゃ、きちんと通ってくれてるお客さんに示しがつかねえだろうがよ。腹が減って死にそうだったら、裏口からコッソリ顔出して、銭はねえけどなんか喰わしてくれませんかと言やぁいい。そう言って頼まれりゃ、こっちも江戸っ子だ、断りゃしねえよ。それをなんだ、いい歳こいて真っ当に仕事しているラーメン屋を嘲笑うような真似しやがって。暖簾はな、暖簾ってえのはラーメン屋の誇りなんだよ。日々の銭の中からよ、ラーメンに金を取り分けて、飯喰ってくれる人のために掛けてんだ。心意気が籠もってるんだ。それをジジイ、てめえに俺の悔しさがわかるか」

「すみません……申し訳ありません。面目ない。そんなことを考える余裕もありませんで、どうせ死ぬなら何をやってもいいんじゃないかと、心得違いをしてました――」

床に額を擦り付けたまま、老人はさめざめと泣き出した。

「――すみません。許して下さい。ごめんなさい」

平身低頭して詫びる老人を見ているうちに、店主の表情からやるせなさが消えていく。それを見て柏村は店主に言った。

「大将の気持ちはよくわかったよ。私が話を聞いておくから、あとは本官に任せて帰りなさい。あんたが店を放り出したら、身重の女将さんが困るだろう」

　そして自分の財布を出すと、

「ラーメンは四十五円だったね？」

　と店主に訊いた。

「へえ。でも、こいつはビールも飲みやがったんで。そっちは百二十五円です」

「……タダ食いする勇気がなくて、最初にビールを注文しました」

　消え入るような声で老人も言う。柏村は財布から二百円を出して店主に渡した。

「だけど釣り銭がありませんや」

「いいから取っておきなさい。裏口で振る舞うにぎりめし代だよ」

　若い店主はようやく微笑み、老人をもう一度優しくポカンとやって、出ていった。

　交番は再び静かになった。

「とにかく、まあ、掛けなさい」

　狭い執務室にはちぐはぐな椅子が置いてある。柏村がその中のひとつを勧めると、老人はようやく頭を上げた。柏村よりも年上だろうか。明るいところでよく見れば、いかにも金に困っていそうな風体だ。禿げかけの頭は乏しい髪がボサボサに伸び、着ている作業着は垢じみている。老人からは汗と脂の臭いがして、靴はつま先に穴が空いていた。俯いたまま別珍貼りの椅子に掛け、膝の間に挟んだ手を組んだり開いたりしている。柏村はその様子をじっと見て、造り付けの棚からノートを出した。それを開いて優しく訊ねる。

「おまえさん、郷里はどこだね?」

「秋田です」

と、目をショボショボさせながら老人は答えた。

「そうかい。でも、訛りがないね」

「はあ……もう、こっちに来てからのほうが長いんで」

「名前は? なんて言うんだね」

「佐々木登です」

「本名かね?」

「そうです。昔は町工場で職人をやってたんですが、社長が会社の金を使い込んで潰しちまって、次の工場に勤めてからはパチンコを覚えて仕事に身が入らなくなり……そっから先はなにをやっても上手くいかずに……」

佐々木と名乗った老人はお縄を頂戴する者のように拳を重ねてモジモジしている。無銭飲食で突き出されたからには、手錠を掛けられると思っているのだ。

「……ラーメンは旨かったかね？」

柏村が訊くと、「へえ」と頷いてから、

「旨かったのは旨かったんですが……味は……あんまりわからなくて——」

と、小さな声で呟いた。

「——悪いこととわかっていたので、こう……早く喰ってしまわなくては途中でバレたら勿体ないと、そんなことばっかり考えて、味はほとんどわかりませんでした」

「それじゃ大将の腕が泣くなあ。あそこのラーメンは旨いのに……名前は佐々木のぼる。と、『のぼる』はどう書くのだね？」

「山へ登るの『登』です」

柏村はエンピツを動かしながら、また訊いた。

「いつから飯を喰ってないんだ」

「はあ。お稲荷さんに供えてあった饅頭と油揚げを喰ったのが、二日前か……三日かな……水で腹を膨らませようとしたんですが、小便が出るばっかりでダメでした」

「どうして死のうと思ったのかね」

「そりゃもう、この歳ですし」

佐々木はポツポツと話し始めた。もともと楽な暮らしではなかったが、女房にも逃げられて生活が荒み、この先はもういいこともないから死んでやろうとやけくそを起こしたと。ところが現金なもので、ラーメンで腹が膨れたら死ぬのが怖くなってきた。

「情けないです」

そう言って老人は自分を嗤った。

「そうか。死ぬこともできないのなら、死ぬ気で働く気はないか」

柏村が訊くと弱々しげに首を振る。

「こんな老いぼれを雇ってくれるとこなんかありゃしません」

「ふむ」

柏村はノートに目を落とし、

「おまえさんがタダ食いをしたラーメン屋だが、女将さんのお腹が大きくて、手伝いを探して欲しいと頼まれているんだよ」

佐々木はポカンと口を開け、ため息のように「……え」と言った。

「給金はまともに出ないとしても、食い物屋で働けば飯は食えるぞ。それに、おまえさんに腹を立てた大将の言葉を聞いたろう？　あれは若いが筋の通った男でね、本官は彼に貸しがあるのだ。おまえさんが死ぬ気でやるというのなら、本官が口をきいてやってもいい。先ずは銭湯へ行って身ぎれいにして、明日、もう一度ここへ来てみなさい」

銭湯の代金は十七円ほどなので、柏村は佐々木に三十円を渡した。

「逮捕しないんですか」

「留置場や拘置所はタダで泊まれる宿じゃないし、なんでもかんでも入れておけるほどこの国はまだ豊かじゃないさ。働ける者は働いて自分で生きていかんとなあ」

ラーメン屋の店主は今こそ立派にやっているが、ガキ時分は無銭飲食どころではない悪さをしていたチンピラで、柏村も一度ならず彼に説教をしたことがある。反抗的な態度ながらも腹を割って話せば聞く耳を持っていたので、目をかけてきた。好きな女ができたときに更生したいと相談に来て、ラーメン屋に弟子入りさせてやったのも柏村だった。

「でも、あんなに怒っていたんですから」

「それはおまえさんが彼の仕事と覚悟を踏みにじったからだよ」

「へえ……そこは反省しています」

「ならば本気でお詫びをしなさい。一気に何もかも上手く行くことなんてないんだから、ひとつずつやっていこうよ」

老人は両手で小銭を包むと、祈るようにして抱きしめた。

「まあ、工場がつぶれたのは災難だったな。何を作っていたのかね？」

「もともとは軍需品の工場でしたが、戦後は農機具やリヤカーの部品と、洗面器なんかを……」

柏村は顔を上げ、

「会社の名前は？」

と老人に訊いた。

「渡辺機械といって、ひところは三十人以上も工員がいたんですけどねえ」

渡辺機械が潰れていたのか。しかも社長の使い込みで？

柏村が腰を浮かせたので、佐々木は驚いた顔をした。

「あの会社をご存じで？」

その工場には柏村の義理の息子が勤めていたのだ。刑事だったときに逮捕した女の子供で、彼女が亡くなったあと柏村が養子に迎え入れたのだった。

「潰れたのはいつかね？」

「どうでしょう……けっこう前になりますが……私はこっちへ出てきてすぐに勤めたので、給金のいいときもありましたがね、戦後はどの町工場も苦労して、いろんなものに手を出したりで」

柏村はノートに載せた手を拳に握った。義理の息子については話さないまま、相づちを打つように何度も深く頷いた。

「だが、あそこは戦後も工員を募集して、羽振りがよかったはずだがね」

「それは見せかけみたいなものだったです。内情は火の車なのに、なんで新しいのを雇うのか、古株連中はみんな不思議に思ってましたよ。たぶん……こう……」

佐々木は言葉を濁すと柏村の顔色を窺った。何か知っているのだと柏村は思い、敢えて訊かずに話の方向を逸らした。

「だが渡辺機械が潰れたとはなあ」

「あれは会社も詐欺に遭ったようなもので……仕事を出すと言って騙されて、大きな機械を入れたんですよ。雲行きが怪しくなったのはそっからですね。二代目は見栄っ張りで、もともと危ういところもあったんですが……外面ばっかりよくってね。悪いとこから借金したりで、腕のある職人がみな辞めちまったですよ。そんで結局は社長も首吊ってねえ……」

「そうだったのかい？　たしか工場の裏に古家があって、そこに職人たちを住まわせていたんじゃなかったかな」

「そうです、そうです。よくご存じで」

佐々木は言って、「あれもねえ……」と顔をしかめた。

「……今だから言えることですけども、あれもなんだかおかしかったですよ。新しいのを連れて来ちゃあ『裏』に住まわせるんですけども、正直言って、まったく使えなそうなのもいたんです。それがひと月くらいでいなくなる」

「出て行ってしまうのかね」

柏村が訊くと、

「死ぬんです」

と、佐々木は答えた。

「酔っ払ってセギに落ちたとかね、部屋で卒中起こしたとか……車にはねられて田んぼで死んでいたってこともありました」

「そんなことがあり得るかね？　若い連中ばかりだろう？」

「そうでもないです。卒中で死んだのは酒飲みの年寄りで……田んぼにいたのは若かったですが、仕事はまったく覚えられないヤツでした」

「そうしたことは続いたのかね」

「うーん」

佐々木はこれ見よがしに首を捻ってから、

「警察が来るまでの……まあ四、五人ほどですか」

と、呟いた。

「その件で警察が動いたのかね？」

「違いますよ」

と佐々木は言って、手のひらで顔面をペロリと撫でた。

「お巡りさんはご存じかどうか……会社が潰れる少し前なんで、もう五年か、それくらいは経っていると思いますけど、ちょうど工員が何人か死んだ頃ですよ。見所のある若いのがひとり入って来まして、俺、いや、私たちも目をかけていたんですけど……カズ坊ってぇ育ちの良さそうな感じのガキで、俺……いや、私が切削加工を教えてました。筋がよくてね、可愛がっていたんだが」

柏村は拳を強く握った。和則のことだ。養子に迎えた息子である。

「カズ坊がある日……正月の少し前でした。仕事に出てこないんで、『裏』へ呼びに行こうとしたら、社長が出てきて風邪ひいたから休ませるって言ったんですよ。うつるといけないからそっとしとけと――」

柏村は眉をひそめた。

「――なんだ、柄にもなく優しいことを言っていやがると思ったんですが……というのも社長はまあ、工員を大事にするタイプでもなかったもんで……でもまあそれじゃってことで仕事をしてね、それでも腹は空くだろうからって、帰りがけにちょいと顔を出そうと思っていたら、面倒はこっちでみると社長がね……雑炊でも作って食べさせるから心配するなと言うんですよ」

「それで？」

柏村が訊くと佐々木は身震いしてから、困ったような、笑うような顔をした。

「いや、だから裏には行かなかったんです。でもね、俺ぁなんだか気になって、というのも、その少し前にカズ坊が、社長ともめていたのを知ってたからで」

「何をもめていたのかね」

「なんですか……全部聞いてたわけじゃないけど金のことを話していたので、正月に親元へ帰るときの小遣いを、社長が出し渋ったとかじゃないのかな……見習いより先に腕のある職人に払わないと、他へ行かれちゃ仕事にならないんで、背に腹は替えられないところもあったんでしょうが、『このままにはしませんよ』って……カズ坊も気の強いところがあったからねえ」

「それが、部屋に血痕を残して消えた子か？」

ついに柏村はそう訊いた。

息子は佐々木が『裏』と呼んだ会社所有のアパートに、血痕と折れた歯だけを残して行方不明になったのだ。柏村の問いかけに佐々木はビクリと首をすくめた。幽霊でも見たような、犯してもいない罪を咎められたような顔だった。

「へえ。その通りで……へえ……お巡りさんはよくご存じで……」

「その件について、ほかに知っていることはないかね」

柏村は重ねて訊ねたが、老人はたいしたことを知らなかった。カズ坊には付き合っている女もおらず、悪い仲間もいなかった。ただ懸命に仕事をして、早く一人前になりたいと望んでいたようだと聞いて、柏村は胸のあたりがぐっと痛んだ。養子に迎えて家族同様に愛したつもりが、本人には遠慮があったのだろう。十五になると就職して家を出て、行方不明になったのだ。理由なき失踪は残された家族を苦しめ続ける。生死すらわからないことの残酷さを柏村は今も胸に抱えているし、謎を解きたいと考えてもいた。

佐々木が交番を去ったあと、柏村は棚から日誌代わりの大学ノートを引き出して彼の話を書き付けた。それからあのラーメン屋に出前を頼んだ。佐々木登が明日も交番へ来たときのために、店主か女将に話を通しておかなければならないからだ。

交番前に飾られた笹が風にサラサラ鳴っている。子供たちは夢を見て、短冊に願いをしたためる。和則や子供たちと七夕飾りを作った記憶が柏村にはない。それはいつも女房の仕事で、笹竹を軒に縛ることすら近所の誰かに任せきり。子供らが何を願っていたのか、短冊を読む余裕すらなかったと自分を笑う。刑事は因果な商売だ。被害者を思い遣るほどには自分の家族を思い遣ってもやれないのだから。それなのに、息子が行方不明になってみれば真相を暴くことすらできずにいるとは、なんと情けないことだろう。

夜は静かに更けてゆき、柏村は未来の東京駅おもて交番から来たという若い警察官たちのことを思い出していた。

それは平野という青年刑事と堀北という婦警の二人組で、うら交番前の地下道を通って何度かこちらへやって来た。着ているもの、身のこなし、言葉遣いや見かけの違いから妙な連中だと怪しんではいたものの、本人たちがそう言うまでは、よもや未来から来たとは思いもしない。彼らの時代になれば科学捜査が格段に進歩して、昭和で鑑定不可能だった証拠品からも個人を特定できると言った。

日誌代わりの大学ノートには、二人がその話をしたときのことが記録してある。

昭和三十五年六月十八日未明。まだ日めくりカレンダーをめくる前の真夜中だった。

二人は就寝中の柏村を訪ねてこう言ったのだ。

ここへつながる地下道が、まもなく工事でなくなってしまう。時間がないので訊きに来た。柏村さんが残した毛髪と爪は誰のものかと。それらは柏村の遺品の中に、交番日誌や捜査手帳と一緒に保管されていた。

だが、柏村は毛髪や爪に心当たりがなく、雲を摑むような話だと思った。

堀北という婦警も言った。

「二十一世紀の刑事警察の技術を使って、特定して欲しいと思ったんですよね？」

彼らは二十一世紀の東京で、死体や人が消える事件を追っているのだと言った。

「この時代から続く組織が二十一世紀で死体抹消ビジネスを展開していると考えています」

柏村は、刑事だった頃の血がまだ自分のなかに滾っているのを感じた。柏村自身も和則の失踪に死体抹消ビジネスが関わっていると考えていたからだ。

死体が消える事件はけっこう起きている。土葬の墓から遺体が盗まれ、組織に渡って薬餌や薬に加工され、国内や海外へ売られていくのだ。それを稼業とする者たちが存在するのは、病巣と同じ部位を死体から取り出して摂取すれば病が治るという迷信が生きているからだ。和則は某かの理由で殺害され、若い体がそうした者らの手に渡されて消えたのではないかと柏村は考えている。殺人の痕跡を消したい者と原材料を欲する者が手を組めば、死体も動機も犯人も、事件すら闇の中である。

柏村はデスクにノートを広げたまま夜の音を聞いていた。

堀北婦警の話によれば、二十一世紀の東京でも似たような事件が、起きているらしい。近代化が進み迷信が笑い話にされる未来では、死体抹消ビジネスなど消失すると考えていたのに、組織は姿を変えながらおぞましい犯罪を続けているようなのだ。

そして、柏村がまだ採取してもいない毛髪と爪の『DNなんとか』が、二十一世紀の犯罪現場で確認されたと彼らは言った。そこで見つかったのは人間の骨片だけで、肉も血も内臓も跡形もなく溶かされていたそうだ。それをしたのが交番前の地下道を通って未来へ行った人物ではないかと、二人は考えているようだった。

柏村は拳を握り、二人の男を思い浮かべた。そのうちの一人については、たまたま柏村が遺留品を保存していたので彼らに託した。だが、もう一人のサンプルは手元になかった。それを採取して残しておけば、未来で彼らが手に取ってDNなんとかを検出するというわけだ。

「毛髪と爪……か」

沸々と血が滾る。その感覚に戦きながら柏村は、警察官として、父親として、今こそ仕事をするべき時だと考えた。未来から人が来るなんてことはあり得ない。けれど二人は実際に、ここへ何度もやって来た。人智を超えた大きな力が自分に『やれ』と命じているのだ。おまえは刑事で、警察官で、和則の父親じゃないのかと。

ボーン、ボーン……と柱時計が時を打つ。

カチャカチャ、キーッと自転車の音がして、柏村は出前のラーメンを受け取るために大学ノートを片付けた。

第一章　昭和の未解決事件を探る

墨田区は、太平洋戦争中の空襲で大半を焼失した旧向島区と、区域がほぼ全焼した隣の旧本所区とが合併して、昭和二十二年に誕生した。次の非番に柏村は、かつて向島区と呼ばれた場所へ向かった。都営地下鉄一号線が通って京成電鉄と相互乗り入れになるという話もあるが、開通は十二月なのでトロリーバスで移動する。

渡辺機械は旧向島区の寺島町にあって、界隈に小さな町工場が林立し、貧しい者らが職を求めて大挙して来た地区である。赤線が廃止されるまでは町の南西に私娼窟があり、和則の実母はそこで春をひさいでいた。当時の東京はどこもかしこも、戦後を懸命に生き抜く人々の活気に満ちた街だった。

バスを降りて歩いてみると、複雑な形状の路地に様々な店がひしめいて、住む人は移り変わっても、雑多な町並みに当時の面影が偲ばれた。

和則が渡辺機械を選んだ理由も亡き母への思慕ゆえだったのかもしれないと、柏村は今さらながらに考えた。狭い下宿で飢えていた幼いときも、和則の心には母親のぬくもりが生きていた。それほどに母親は和則を愛して育てた。血の濃さは、ときに軽々と他人の愛情を超えていく。もっとなにかできたのではないかと思う気持ちと、いや、あれ以上は妻に負担を強いられなかったと思う気持ちがせめぎ合う。もらった息子を立派に独り立ちさせてやれなかった以上、懺悔の気持ちと後悔は墓場まで抱いていくほかはない。

鳩の街と呼ばれる商店街へ入っていくと、ここも七夕飾りが賑やかで、色とりどりの折り紙がときおり吹く風に揺れていた。柏村はかつての渡辺機械を訪ねたが、その場所は様子がすっかり変わっていた。会社が社員を住まわせていたアパートも取り壊されて、敷地一杯にラクダ色のビルが建っている。通りに接する部分に申し訳程度の花壇があってツツジが植えられ、壁面に同じかたちの窓が並んでいるが、内部の様子は窺えない。貸しビルだろうか、建物には生活感がまったくなかった。

「……そうか」

帽子をちょいと持ち上げて頭に風を通してから、柏村は建物の周囲を見渡した。

渡辺機械が倒産したとき土地も取られてしまったのだろう。町工場の形跡は残されていない。勤めていた工員たちも離散したとなれば、当時を知るのは近所で商売を続けている者だけだ。

庇同士が密接している狭い通りは頭上を縦横無尽に電線が走って、大小様々な看板が格を競うように連なっている。古くから商売をしていそうな店を探していると、ラクダ色のビルから少し離れたところに炭屋を見つけた。炭屋は炭を配達するから近所の事情に詳しいはずだ。店先には練炭や炭団のほかに石炭などの袋が積み上げられて、ほかに灯油の缶があるのは、石油コンロが重宝され始めているからだ。七輪や石油コンロのほかに蓋付きの炭消し壺も売られているが、こちらは売れ行きがよくないのか、すでに錆が浮いていた。

「ごめんください」

声をかけると店の奥の障子が開いて、店主らしき男の顔が斜めに覗いた。

柏村は帽子を脱いで会釈する。

「いや、申し訳ない。私は客じゃあないんですがね、昔そこにあった渡辺機械という会社のことで、ちょっと話を聞かせてもらえないかと」

茶の間で休憩していたのだろう。白髪頭で痩せた店主が口をモゴモゴさせながら障子の奥に立ち上がる。柏村は恐縮した振りで胸のあたりに帽子を抱えた。

「渡辺機械さんは潰れちゃいましたがね」

六十がらみと思しき店主がサンダルをつっかけて店に出てきた。長年の配達で培った体は細身だがガッチリとしている。

「そのようですな。いま見てきたらビルになってて驚きましたよ。実は……」

柏村が警察官の素性を明かすと、炭屋の店主は怪訝そうに眉をひそめた。今さらなんの話を聞きたいのかという顔だ。

「社長が亡くなったのも数年前のことですしねえ」

訝るように言うので、柏村は持っていた帽子を頭に載せて目深に被った。こうすると相手は自分を警察関係者だと認識し直す。刑務官や警察官が制帽を被るのも同じ理由で、職務を行う正当な理由があると相手に感じさせる効果を生むのだ。

「その社長さんの話を聞かせてもらえないですか。こちらのお店と取引は？」

「そりゃ、ありましたがね」

「支払いなんかも滞りなく？」

炭屋は答えもせずに視線を逸らして首筋を掻いた。

「過去の事件の調査なのです。社長の自殺が怪しいとかではありません――」

自死については知っているぞとほのめかしてから、さらに続けた。

「――ご存じかどうか……あの会社では従業員が何人か、立て続けに亡くなっていますよね」

すると炭屋は我が意を得たりの顔をした。

「そうそう。そうなんですよ、それはねえ……おかしいよなって話は近所でも出ていましたよ？　だけどさ、証拠もないのに滅多なことは言えないからねえ」

床に積まれた炭袋の平らな部分に尻を載せ、片足を組んでから炭屋は言った。

柏村も如才なく同意する。

「確かにそうですな。さすがご商売をされているだけあって賢明なことで」

「でもね……こう言っちゃなんですが、あれは本当に妙でした。いえ、今だから言えますけどね、渡辺さんは悪い連中と付き合いがあったんですよ――」

炭屋は身を乗り出した。長いこと胸三寸にとどめておいた憶測を、ようやく話せると思ったようだ。

「――なんですか？　警察は今頃になってようやく、渡辺さんがおかしいと思うようになったってことですか」

「まあ、詳しくは言えませんがね」

柏村が頷いてみせると、店主は満足そうに腕組みをして、

「やっぱりなあ」

と呟いた。

「あの時だって、警察が近所を聞き込みに来てくれたらさ、相応な話が出てきたんだと思うけどねえ。事故や病気ってことで、どれも事件にならなかったからね」

「つまり、なにか怪しんでおられたということですな？　たとえばですが、ご近所ではどんな噂があったんですか」

訊くと炭屋は柏村を上目遣いに見て声を潜めた。

「だからほら……渡辺社長はギャンブル狂いで、危ない筋に借金があるって話だったですよ。それで工員に……あたしから聞いたことは黙っててくださいよ」

「もちろんです」

「保険屋がね、しょっちゅう通って来ていたですよ。それで、これは噂ですけどね、会社を受け取り人にして従業員に保険をかけていたって噂ね。もちろんそれ自体は悪いことじゃないですよ？　鉄工所なんだから、ケガしたときに治療費だっているんだし……でもね、ほら、続いたでしょ？　続いたじゃないですか」

社員の死亡が続いたことを言っているのだ。

「それにね、ここだけの話……行方不明というか、突然消えちまった工員だっていたですよ。あの工場はさ、先代の社長の頃に軍需品を作るので会社を大きくしてさ、渡辺さんは娘婿なんですよ。先代には息子もいたんですけど、そっちはお役所に入ったもんで、お姉ちゃんに婿を取って工場を任せたですよ。はじめはよかったけど、戦後は売れるものも変わっちゃったから……ほら、うちだって炭なんかもう、いつまで売れるやらって状態で……まあ、そこは仕方がないですけど、時代だからねえ」

炭屋の店主は溜息をついた。

「亡くなった社長のご家族はどうされたんです？　会社が潰れて、そのあとは」

「どうにもならなかったんじゃないですかねえ。社長が自殺してから奥さんの弟さんが来て、弁護士と協議して、一切合切処分して、どこかへ引っ越して行かれましたよ。そのあとの話は聞かないねえ」

その当時勤めていた工員について訊ねると、炭屋は首をかしげながら、

「働いてた人についてはよく知らないんですよ。炭を届けに行っても、話すのは社長と奥さんだからね……あ……でも、それならそっちの」

と、通りのほうへ指を向け、

「たばこ屋で訊いてみたらどうですか。たばこ屋の婆さんなら、工員が煙草を買いに行ってたんだから、何か知ってるかもしれません」

柏村は店主に礼を言って店を出た。

通りに並ぶ家々は外壁がほとんどトタンだが、たばこ屋だけは銭湯の洗い場よろしくモザイクタイルを貼った出窓の売り場で商売をしていて、看板も派手だった。売り場部分が飛び出して目を惹く造りになっているのは、専売公社が金を出すからだろう。こうした店は年寄りが店番をしていることが多く、相応の情報を持っている。

柏村は帽子を浅く被り直してたばこ屋へ向かった。

近づいてみると、店舗の一部で煙草を商ってはいるが、主体は雑貨屋のようだった。間口の一部を煙草販売用に切り取って、それ以外の場所にはちり紙や鍋や洗剤などを置いている。タイル貼りの部分は半畳程度で、ショーケースに煙草が陳列してあった。窓口奥に座布団を敷いて、小さい婆さんが煙草の空き箱やチラシなどを同じ大きさに切り分けている。余り紙を用いて番傘や手鞠や鼓などを折るのが流行っているからだ。柏村の交番でも近所の年寄りが折ってくれた紙の鍋敷きを重宝している。

「はい。いらっしゃい」

煙草ケースの前に立つと、婆さんは顔を上げて柏村を見た。

「ゴールデンバットを二つ」

「六十円です」

販売台に煙草を載せてくれたので、金を手渡してから訊いた。

「このあたりも変わったね。渡辺機械がビルになってて驚いたよ」

婆さんは柏村の顔をじっと見る。見覚えがあるか確かめたのだ。

「渡辺機械がビルになったわけじゃないですよ。渡辺機械さんは潰れてね、持ち主が替わったんですよ」

「そうだってねえ。そこの炭屋で聞いたんだけど、当時働いていた人たちがどうなったのか、婆さん、知らないかね？」

店の奥には台所があって、中年の女がカメの糠味噌をかき混ぜていた。おそらくたばこ屋の嫁さんだろう。振り向きもしないが聞き耳を立てているとわかったので、柏村は彼女にも聞こえるようにやや大きな声で言う。

「いや、私の息子があの工場に勤めていたんだけども。正月に帰ってくるはずが行方知れずになってねえ……まあ、ずいぶん昔の話なんだが」

婆さんは身を乗り出して、さらにジロジロと柏村を見た。同じ面影を持つ工員がいただろうかと考えているのだ。柏村は煙草を上着のポケットに入れて帽子を脱いだが、和則は自分と似ていない。血がつながっていないのだから当然だ。

「工場じゃカズ坊と呼ばれていたらしい。十六になるかならないかだから、煙草は吸っていなかったかもしれないが」

「あ〜あ、ｶズ坊ね。佐々木さんの下で切削加工を習ってた子じゃないかい？　丸顔でｸﾘｸﾘ坊主の」

「そうだ。息子の和則だ」

婆さんは複雑な表情をした。同情しているような顔でもあった。

「ｶズ坊はねえ……あるとき急にいなくなっちゃったって、佐々木さんたちが話していたけど……ほら……あの頃は……」

と、言葉を濁した。あの頃なにがあったのか、柏村はそれを知りたいのだ。

もちろん当時も息子の消息を訊いて回ったが、事件直後はめぼしい話をなにひとつ聞くことができずに終わった。渡辺機械の社長がまだ健在だったし、界隈(かいわい)の人たちも近所の噂話を外部に漏らしたりできなかったのだなと、今さら思う。

「数日前に佐々木くんと会って、工場が潰れた話を聞いたんだよ。息子はそのまま帰ってこない……私たち家族は、あれからもずっと息子の行方を捜し続けているんだよ」

売り台から顔を出して左右を窺(うかが)い、婆さんは雑貨屋のほうへ入ってこいと手招きをした。柏村が店に入ると座布団に座り直して、上がり框(がまち)に腰をかけろと身振りで示す。

柏村は婆さんの近くに腰を下ろした。

「そりゃ心配でしょうとも。親は一生親だからね、お気の毒と思いますよ……あたしらだって詳しい話は知らないけども、カズ坊がいなくなってから職人さんたちが何人も辞めていってね、それはほら……怪我人や死人が続いたから、あの頃、渡辺さんとこではさ」

「社長が保険をかけていたってね？　従業員に」

婆さんは一瞬だけ目を眇め、さらに声を潜めて言った。

「先代の社長さんはいい人でしたよ？　いい人っていうか、頑固な職人気質でしたけど、まっすぐで真面目な人でした。娘婿のほうは派手好きな、口の上手いタイプだったですよ。社長はほかの職人に嫁がせたかったようだけど、娘さんがね、まあ、当世風の、男っぷりのいいほうを選んだもんで……」

「ギャンブルも好きだったんだって？」

婆さんは梅干しを食べたときのような顔をした。

「ええ、ホント。そういう話は聞いてましたね」

「会社はおかしかったのかね？」

「おかしかったって？」

「いや、その、なにか不審な感じがあったのかな。佐々木くんの話では、息子が社長と揉めていたと言うんだが……」

　婆さんは難しい顔をして頷いた。

「カズ坊はお使いでよく煙草を買いに来て、それでチョコチョコ話をね。もともとこっちの生まれだって。このあたりのことをよく知ってましたよ。それでね？　いなくなっちゃう少し前、不機嫌だったときがあったですよ。ちょうど、入ったばかりの工員さんがね、車にはねられて田んぼで死んだ頃だったかしらね。どうしたのって聞いたんだけど、何も話しませんでしたけどね、でも、死んだ人とは歳も近くて、カズ坊はそれで色々と思うところがあったんじゃないでしょうかねえ」

「はねた相手は見つかったのかな」

「いいえ、見つかってないですよ。あんまり不幸が続くもんだから、渡辺機械は祟られてるんじゃないかって、近所でも噂をしましたけどね？　結局は、ほら、社長も首吊って死んだんだから……この辺は火災で焼け出された人が大勢来ていた場所だから、気を付けなきゃいけないのに、それを」

　婆さんはさらに声を潜めて、

「死神みたいのを工場に出入りさせちゃって、あれがいけなかったんじゃないかと、あたしなんかは思ってましたけど」

と、柏村に言った。

「死神？　それはなんだね？」

婆さんは訳知り顔で頷いた。

「出入りさせると縁起がいいのと悪いのと、あたしくらいの歳になったらわかるんですよ。戦争だって経験しているんですから。ああいうのを入れちゃうと家運が傾いてよくないんです。いえね、カズ坊がいなくなる少し前から変な爺さんを見かけるようになって……それが、いつも夕暮れから夜に煙草を買いに来るんですけど、そりゃ不気味だったですよ。あんまり気味が悪いもんだから、この爺さんはどこへ行くんだろうと思って、こっそり見ていたことがあるんです。そしたらあなた行き先が渡辺機械だったんですよ、と婆さんは言った。

「その男は何をしに来ていたのかね？」

柏村が訊くと、「知りませんよ」と婆さんは答えた。

「人相風体はどんなかね」

婆さんは思い出そうとして宙を睨んだ。

「痩せて貧相な爺さんでしたよ。夜なのに帽子を被ってね、いつもツィードの服を着て……でもたぶん、魚屋の人ですよ」

「魚屋？　本人がそう言ったのかね、魚屋だと」

「だから話なんかしませんって、気味が悪いですからね。あたしは臭いでわかったんですよ。生臭い爺さんだったからねえ」

「魚屋じゃないですよ」

突然、奥の台所から嫁さんが言った。糠味噌を漬け終えて、割烹着で手を拭きながらこちらへ来ると、婆さんの後ろに座って柏村を見る。

「ご近所に魚屋さんもいますけど、あれは魚の臭いじゃないです。私も何度か煙草を売りましたけど、立っているだけでゾーッと背筋が冷えるような人でした。風向きで変な臭いがするんです。おばあちゃんは魚屋の臭いと言いましたけど、あれはもっとこう……なんでしょうねえ……魚とは違う臭いです」

「ああ、そうだ、そうですよ、思い出しました」

と、婆さんは嫁さんの顔を見て、それから柏村に耳打ちをした。

「あれは死人の臭いです。戦中に嗅いだことがあるから間違いないです。思い出しましたよ、厭ですねえ」

柏村はハッとした。

「その爺さんが買った煙草の銘柄を覚えているかね」

嫁さんと婆さんは顔を見合わせ、ほぼ同時にこう言った。

「『ピース』でしたよ」

「『ピース』だねえ」

柏村は拳を握った。

やはり和則は殺されたのだ。渡辺社長が犯人だろう。息子は正義感が強かったし、警察官の養子になったことを誇りに思っていたから、相次ぐ同僚の不審死に疑問を抱いて社長に詰め寄り、もしかすると、父親に話すと言ってしまったのかもしれない。

現場に折れた歯があったことから、その後の展開が想像できて、柏村は強く奥歯を噛んだ。息子は酷い暴行を受け、部屋に血痕を残して死んだ。社長は工員を殺して保険金をだまし取っていたことなどが明るみに出ると戦いて明野を頼り、そして弱みを握られたのだ。もはや和則の死体は見つかるまい。

柏村は息子が殺されたことと、その直前に彼が警察官の息子として正義を貫こうとしたのだということだけを、無理やり胸に落とし込んだ。

七夕の夜、午後八時過ぎ。うら交番の執務室で柏村は平野や堀北のことを考えていた。日が暮れて、空はどんよりとした鈍色だ。織り姫と彦星が天の川で逢瀬をする七夕の夜は、なぜか雨に降られることが多い気がする。今宵も雨が降りそうだったが、交番に飾られた笹はすっかり乾いて、縮れた葉っぱがしきりにカサカサ鳴っていた。電気店のラジオが歌謡曲を流していて、店の子供らの声が聞こえた。かわいいは～な、そのは～な……と、調子っぱずれに歌う愛らしい声だ。

――日本橋川で見つかった警察官バラバラ殺人事件は二十一世紀でも未解決……柏村さんが刑事をしていた頃にいた野上署で、刑事が一人行方不明になってますよね？　そちらは事件としての記録すらありません。もうひとつ、その警察署に出入りしていたカストリ雑誌の記者が惨い亡くなり方をしている。この三件はどれも未解決です――

最後に来たとき、平野という刑事がそんなことを言っていた。

警官になったばかりの青年がバラバラ死体となって日本橋川で見つかったのは昭和三十三年の春。事件から二年が経つ今も捜査は進展していない。翌年の夏には柏村が教育係をしていた野上署の刑事が下宿に大量の血痕を残して消息を絶った。そしてその捜査中、事件ネタを漁るため刑事に纏わり付いていたカストリ雑誌の記者がコンクリートミキサー車のドラムに突き落とされて惨殺された。

平野が言った一連の事件はそのように起こったものだ。

――時間はもう、ほとんどありません。だから直接伺いに来ました。柏村さんが残した毛髪と爪についてです。あれは誰のものですか?――

つまり自分は、その三件の真相に目星がついているというわけだ。

柏村は顔を上げて交番の外を見た。

車道の向こうに見える歩道は、地下道入口の上にだけ蛍光灯が点いている。未来の警察官らがこちらへ来るのに使っているのはその地下道だ。

立ち上がって交番を出ると犬の遠吠えが聞こえた。鈍色の空からポツリポツリと雨粒が落ちてくる。厚い雲に覆われて天の川は見えず、交番の上を通る高架橋の明かりで雨がキラキラ光っていた。

車道を突っ切って歩道に上がると、地下へ続く階段を見下ろした。それは柏村の足下にポッカリとコンクリートの口を開けている。階段は急勾配で、入口に心許ない明かりが点り、蜘蛛の巣に絡んだ埃が揺れる。

柏村は戻って交番に鍵を掛け、再び地下道の前に立って、考えた。

未来の警察官二人はここを通って昭和へ来ていた。そしてこちらから未来へ逃げた者もいるのではないかと疑った。その者が彼らの時代でおぞましい犯罪を起こしているのではないかと。そうであるなら、当然ながら柏村には逮捕できない。

未来の東京はどんな有様か。様々なものが進歩して変わっても、人が人を殺す事件は同様に起きているのだろうか。そうなら人間は本質的に進歩できない生物だ。

「どうやって未来へ逃げた？　なぜここが未来につながっていると知ったんだ？」

ミキサードラムに落とされて跡形もなく消えたカストリ雑誌の記者は、屍臭を纏った小柄で不気味な爺さんで、殺害される直前に有り金すべてを純金に替えた。所轄では『明野のジジィ』と呼ばれ、愛煙していた煙草が『ピース』だ。

柏村は階段を下りた。

左右に穿たれた水抜きの溝に煙草の吸い殻が捨ててある。階段の先は緩い勾配の地下道で、灰色の天井にチカチカと蛍光灯が点滅している。暗い通路は左右に延びているが人影はない。平野と堀北は東京駅方面から来たと言うので、そちらへ向かった。地下道内部はひんやりとして、埃とコンクリートと小便の臭いがする。何の変哲もない地下道だが、人がいないと別次元にいるような錯覚を覚える。コツ、カツ、コツ……と靴音が響くのも不気味な感じだ。足を止めて振り返ると、天井に蛍光灯のある場所が地下道のカーブを縞模様に照らしていた。

柏村はまた歩き出す。

低くゴーゴーと鳴っているのは地上の音か。随所に闇がへばりつき、それが次第に空間を侵蝕してくるようだ。

しばらく行くと足音が聞こえ、サラリーマンがやって来た。噛んでいたガムをペッと吐き、柏村に気付くと背中を丸めてすれ違う。次にはかしましい声がして、二人の女性がヒールを響かせながらやって来る。未来の警官二人が着てくるような自然と体にフィットする繊維ではなく、縫製の型紙が見て取れるような昭和の服を身に着けている。その後も何人かとすれ違いながら、やがて柏村は東京駅に辿り着いた。道はそこで唐突に終わり、駅から八重洲駐車場へとつながる部分は工事中になっている。

駅はいつもと同様で、物乞いをする傷痍軍人、待合室で夜を過ごすお馴染みの人、パーマをかけた女性たち、シャツにズボンにベルトを締めたサラリーマンなど、変わらぬ光景が広がっていた。決して未来ではあり得ない。

なんとなく緊張が解けて、柏村は「ほう」と溜息を吐いた。地下道は自分を昭和から出す気がないらしい。駅を出ていく人たちが柏村の脇をゆき過ぎる。彼らの背中を見送りながら、やはりそう簡単に時空を超える奇跡は起きないのだと柏村は思った。

翌朝。柏村は交番近くの駄菓子屋で鯛焼きを買って風呂敷包みにし、古巣である野上警察署を訪ねて行った。後輩刑事永田の失踪事件はその後も進展がないらしい。死体は見つからず、彼が事件に巻き込まれる理由も見えてはこない。未来の二人が話したとおり、一連の事件は迷宮入りになるのだろう。三件の殺人のうち警察官バラバラ殺人事件の捜査は日本橋警察署が、永田刑事失踪事件の捜査は野上警察署が、明野老人惨殺事件の捜査は中野警察署が担当している。発生からすでに二年が経過した警察官バラバラ殺人事件は捜査規模が大幅に縮小されて、現在は若干名が情報を精査しているに過ぎない。

大きな事件がない限り、警察署周辺は静かで長閑だ。子供たちが学校へ行っている時間なので、道路に描かれた石蹴りの陣地や、電柱の陰に置かれた缶蹴りの缶が、寂しげにひっそりと子供の帰りを待っている。地面に置かれた平らな石を微笑ましく見下ろしながら、柏村は野上警察署へ入っていった。

野上警察署では、永田刑事失踪事件が手詰まりのまま一年が経過しようとしていた。捜査本部は二ヶ月で解散。あとは所轄署として継続捜査をしているが、捜査員らはほぼ諦めの境地に達したようだ。柏村が担当課長に鯛焼きを差し入れると、彼は部下にそれを渡して、柏村と一緒に裏庭へ出た。署の裏には井戸があり、憩いの場となっている。井戸縁の地面に落ちた大量の吸い殻が、昨晩の雨で濡れていた。

「捜査はなんの進展もないですわ。ま、死体も出ないんじゃ仕方ないですが」

井戸端に来ると、課長は開口一番そう言った。

「……致し方あるまいが、悔しかろうね」

この男も柏村が育てた刑事の一人だ。仕事のないときは居眠りばかりしているが、本当に寝ているかは怪しい。外観に鋭さのない男だが、本人もそれを承知しているから凡庸な振りをして敵の懐にするりと入り込んでいく。聞き込みや取り調べ時に愛嬌と恫喝を使い分ける達人でもある。

しかし永田失踪事件に関しては動機がまったく見えてこず、動員人数も削られて、今も悔しさと焦りを滲ませている。一時はすでに交番のお巡りになった先輩が捜査に口を出すのを許せないと思ったようだが、今日は柏村に対する態度も弱腰だ。

柏村は彼に煙草を勧め、マッチで火を点けてやった。自分も一本咥えながら、警察署の建物に向かって煙を吐いた。そして呟く。独り言に聞こえるように気を付けることも忘れなかった。

「永田くんは自信家で、やる気が空回りするところがあったからなあ」

「刑事になったばかりの頃は、誰でもそんなもんでしょう」

課長が自分自身を思い出して笑うので、柏村はさらに呟いた。

「私は……失敗したと思っているんだ」

すると課長は意外だというように顔を上げた。

「ほう、なにが？　親父っさんでもそんなふうに思うことがあるんですなあ」

「そりゃ、あるさ。むしろそんなことばっかりだ……私はね、永田くんの威勢がよすぎる部分を危ういと思っていたのに、最初の現場に連れ出したとき、彼を床下に潜らせたことを後悔しているのだよ。正直に言うとだ、そこに死体があるとは思っていたんだ。現場の様子からして、そこに死体があるはずだとね」

「飯岡英喜の事件ですな」

柏村は「うん」と、頷いた。

「永田くんには、仕事を舐めているというか、自分を買いかぶりすぎているところが見えたから、ああいう現場で現実を知っておくのもよかろうという意地悪な気持ちがあったのだ。驚いてゲロでも吐けば、どやしつけてやるつもりでね」

課長は虚しく「ははは」と笑った。

「が、まさかあんなことになっているとは想像もしなかった」

被害者の遺体はバラバラで、床下に置かれた水槽でホルマリン漬けにされていたのだ。それを見た永田が精神を病んでいたことにも気付いていたのに、柏村は直後に異動して永田への支援がおろそかになった。

事情を知っている課長もまた、やるせなさそうに溜息を吐いた。

「親父っさんのせいとも言えない気がしますがね。だって、誰も想像しませんや。異常者のすることなんか」

柏村は「うむ」と、低く唸った。

「だが異常者は普通の顔をして近くにいるのだ。そう思わんかね？　明野のジジイの事件もだが、人をミキサー車に入れて殺そうなんていったい誰が考える？　しかも永田くんに続いて、明野のジジイまでいなくなるとは――」

柏村はしばし間を置いてから、先を続けた。

「――あの爺さんも……しつこく嗅ぎ回っているうちに、永田くんと同じ事件の情報を握った……なんてことがあるのかな」

柏村は仮説を証明しようとしていた。だから捜査情報が欲しかった。

「いや、まさか」

と課長は笑い、すぐに笑みを引っ込めた。そのまま視線を地面に落として考えているので柏村が訊ねる。

「どうしたね？」

「……いや……」

課長は目をパチクリさせて柏村の顔を見た。

「いま親父っさんに言われて思い出したんですが……そうだな、あれはいつのことだったかな……明野のジジイは飯岡英喜の事件からこっち、永田にしつこく絡んでいたんですがね？　永田はうるさがって、ろくに相手もしてませんでしたが……言われてみれば一度だけ、二人が妙な感じだったことがありましたっけね」

「妙な感じとは？」

課長は煙草を地面に捨てると、靴底で踏みつけてから頭を掻いた。

「日本橋署の警察官バラバラ事件の捜査本部が解散して、別段事件もなかった頃です。ケンカとか自転車泥棒とかね、そんな程度の事件しかないのに、ジジイがふらりとやって来たことがありましたっけね……面倒くさいので俺は寝たふりしてたんですが……そうだなあ……最初は永田がジジイを上手くいなしてたんで放っておいたんですが、そのうちに……」

ひそひそ話をしてたんだよな、と、課長は自分に呟いた。

「ひそひそ話？　どんな」

「いや。だから、聞こえないからひそひそ話なんですわ。でも、今にして思うと、ちょっと様子が変だった……なんだったっけか、中野駅近くは畑ばっかりだとか、別に妙な内容でもなかったですが……」

柏村は総毛立った。日本橋川の警察官バラバラ事件では、中野駅近くの畑にポッンとあった農作業小屋が犯行現場だと、最近になって判明していたからだ。柏村が最初に思ったのは、永田がたまたま警察官バラバラ殺人の現場を目撃、当初は殺害を見たという認識がなかったものの、後に事件との関連に気がついて独自捜査を進めた結果、犯人に襲われたのではないかというものだった。けれどもその仮説が正しいのなら、明野のジジイはどうして永田に、犯行現場近くの畑のことなど話したのだろうか。しかもわざわざここへ来て、永田だけにひそひそと。

「それで？」

「いや、だからゴニョゴニョ言ってて聞こえなかったですよ。永田も迷惑そうだったんで、バラバラ事件の情報が欲しいなら日本橋署へ行けと一喝してやったんですが、そしたらジジイはヘラヘラしながら出て行きましたよ」

「そのとき永田くんの様子はどうだったかね」

課長は眉間(みけん)に縦皺(たてじわ)を刻んで考えていたが、

「ジジイが帰ると、とんでもねえ勢いで煙草を吸ってましたがね。絡まれて腹が立ってるんだと思ってましたが……でも、その後は普通だったよなあ」

その畑では、犯行現場となった農作業小屋の持ち主の子供も消えている。子供を拉致した犯人については、太って腹の出た男が子供を背負って行くのを見たという証言がある。夕闇の中で見た影で、人相風体は不明だと……柏村は考えた。

もしもそれが腹ではなくて、子供を背負い、腹に何かを抱えた者の影だったなら……まさか……ああ……と、柏村は戦いた。やはり自分の勘が正しいのだろうか。三つの事件は初めから一つの事件であったのか。

決して検証してはならないと、無意識に抑え込んできたおぞましい推理が鎌首をもたげる。怪物を生んだ。やはり自分が怪物を生んだのか。平野と堀北の話が脳裏をグルグル駆け巡り、吐き気がしてくるほどだった。

「親父っさん？　なんか顔色が悪いですよ」

「いや……」

と、柏村は課長に答え、意を決して顔を上げた。

「聞きたいのだが、永田くんの私物はいま、どうなっているんだろう」

「箱に入れて保管してますよ。いずれ親元へ送り返すとしても……まあ、ろくなものはないですけどね」

「見せてもらうわけにはいかないだろうか」

課長は「かまいませんよ」と頷いた。

そうは言っても柏村が何を考えているかは知りたいのだろう。彼は柏村を案内して、一緒に刑事部屋までついてきた。差し入れの鯛焼きを食べ終えた刑事らが、ごちそうさまでしたと頭を下げる。その間を縫って着替え用戸棚の前まで行くと、課長は扉を開けて内部を見せた。

ハンガーに掛かった制服が一対。その下に段ボール箱がひとつある。

「おい、永田の持ち物はこれですべてだったよな?」

課長が誰にともなく問いかけると、「そうです」と答えが返った。

「机の中身も全部そこへ入れたんで、こっちは空っぽになってます」

課長は段ボール箱を引っ張り出してきて応接用テーブルの上に載せた。すでに捜査は佳境を超えて、人でごった返していた刑事部屋も応接セットが使えるようになっている。柏村は箱の前に立ち、課長がフタを開けるのを待った。

「親父っさんは何を探したいんです?」

大きく箱を開けてから、課長は柏村に席を譲った。そうしておいて自分は背中側に回りこみ、柏村が何をするのか覗き込んでくる。

　段ボール箱に入っていたのは、鉛筆や消しゴム、ちり紙の束、糊にメモ用紙、目薬に軟膏、洗濯ばさみ、小説が一冊、爪切りにヘアブラシ、ポマードに替えのネクタイ、皺だらけのハンカチ、ハンコに朱肉、ハサミなどの、取るに足らない物ばかりだった。

「触ってもいいかね」

　どうぞという言葉を待って手を触れる。入っていた物をすべてテーブルに出すと、箱の底には爪切りからこぼれた爪が散らばっていた。柏村はそれを丁寧に拾い集めると、爪切りを振って中身も出した。ヘアブラシに毛髪が付着していたのでそれも取り、メモ用の白紙に挟んで採取した。

「そんなものをどうするんです」

　刑事らは不思議そうな顔で見ていたが、

「なに。永田くんは私の部下だったからね。体がないならせめてこれを、永田くんと思って覚えておくさ」

　柏村はしごく真面目な調子で答えた。毛髪や爪で個人が特定できるなど、この時代では考えられないことだから、敢えて説明しないでおくのだ。

　課長らは何とも気味悪そうな表情をしたが、柏村はかまわず作業を続け、すべてのものを再び箱に戻して席を立った。

永田刑事失踪事件が迷宮入りになることを、ここにいる彼らは知らない。そして事件の真相を知ることもない。真相が明らかになるのは二十世紀が終わってからで、もしかすると自分だけがそれを知ったのかもしれないが、間違いであってほしいと柏村は思う。もしも推理が正しいのなら、怪物を生み出したのはやはり自分だということになるからだ。

柏村は課長に礼を言って野上警察署を後にした。


次に赴いたのは明野のジジィ殺害事件の捜査をしている中野警察署だった。

七夕祭りの飾りがとれた商店街は、空間が広く感じて歩きやすい。此度はうら交番近くの老舗餅屋で豆大福を買い込んで、中野警察署の刑事課へと入っていく。中野駅裏の農作業小屋が警察官バラバラ殺人事件の犯行現場である証拠を見つけたのは柏村で、この警察署の刑事課とはすでに顔つなぎができていた。

明野惨殺事件は中野警察署が捜査を続けている。進展がなければ二ヶ月程度で捜査本部を解散するが、明野の事件は殺害方法があまりに酷くて世間の関心を攫ったために、中野署は解決に躍起になっているのだった。

柏村は刑事課のデスクへ赴いて、こちらの課長にも手土産を渡した。ハードな捜査が続いているのか、課長は脂と汗の臭いがしている。彼は豆大福をひとつ取り、あとは部下に渡して、みんなで分けろと告げてから、刑事課の隅に置かれたポットから茶を汲んで柏村の許へ持って来た。忙しいので茶の状態でポットに入れておくらしく、味も香りもないけれど茶であることはわかる程度の代物だ。応接とは名ばかりのテーブルにそれを載せ、柏村の向かいに腰を下ろすと、豆大福を貪りながら茶を飲んだ。

「いや……参りましたよ」

と、彼は言う。獅子舞の獅子を人間にしたような顔で、話すたびギョロギョロと目が動く。三口で菓子を食い終わると、指についた粉を舐めて茶を啜り、立ち上がっておかわりしてから、柏村の前に戻ってようやく笑った。

「やはり兎屋の豆大福は旨いですなあ。皮が全然違うでしょう。そして豆の塩味がいい、絶妙だ。一番は餡ですよ。いや、ごちそうさまでした」

「それはよかった。根を詰めると甘い物が欲しくなるしね」

「まったくまったく。生き返った心地がしますよ」

柏村は温い茶を啜ってから相手に訊ねた。

「どうですか。明野のジジイの遺族とは連絡が取れたようですか」

柏村は、ミキサー車から出た明野の衣類を一部引き取っていた。死体がないならせめてそれを墓に入れてやろうという気持ちからだったが、それらは平野と堀北が二十一世紀へ持って帰った。死体が本当に明野本人だったのか、あちらの技術を使えば鑑定できると言うからだ。だが、残念ながら結果を知る術が柏村にはない。証拠は一方通行に未来へ渡り、こちらの捜査には活かせないのだ。

中野署の課長は首を左右に振った。

「情報がなさすぎて捜査が進展しないというならわかりますがね、今回は情報が多すぎて閉口しています。金に汚いとか執念深いとか、被害者のバケモノじみた話はいくらでも出てくるのに、じゃ、あの爺さんは何者なのかというと、戦後にどっかから流れてきたとか、雑誌社のほうでもネタを売り込みに来たのがはじめとか、雲を摑むような話ばかりがわんさか出てくる。住んでた場所へも行ってみましたが、すると今度はなんにも出ない。こんなホトケも珍しいですわ」

「はて。なにも出ないとは」

「言葉どおりでなにもない。いちおうね、深川にいたって聞いたんで、その住所へ行ってみたら、竹藪の中のでっかい家に、ヨボヨボの婆さんが独りで住んでいるんです。明野がいたのはそこの離れで、周辺で爺さんを見かけた者もいるにはいるが、当の婆さんは離れを貸した覚えなんかないという。で、離れを見たけど何もない。普通は布団とか鍋とか釜とか個人の物があるじゃないですか。もともと家にあるのを勝手に使っていたのかどうか、個人の品と思しきものはなにひとつないような有様で、なのに明野を見かけた者は婆さんちの離れに住んでいると思っていたようなんですなあ……この婆さんがまた村八分の偏屈ババアで、近所付き合いもなかったようで、だから村の者たちは、婆さんの息子が帰ってきてるな程度に考えていたそうで……いやはや。調べれば調べるほど謎は深まるばかりです」

柏村は言葉を失った。自分も見て知っていて、確かに存在していたはずの爺さんが、誰だったのかわからないなどということがあり得るだろうか。

「さんざん苦労しましたが、地道な敷鑑捜査でようやく素性がわかりましてね、明野正一、年齢は七十一歳ということで、戸籍の確認に若いのを行かせています」

課長が話しているところへ刑事が二人戻ってきた。柏村を見て口ごもるのを、課長が頷いて報告を促す。すると彼らはこう言った。

「まったくの別人でした」

「なに?」

課長は思わず腰を浮かせて、ギロリと部下たちを睨んだ。もう一人も言う。

「明野のジジィは明野正一ではないそうです。そもそも年齢がまったく違う。明野正一は五十三歳。現在どこで何をしているのか、親兄弟も知らないそうで、本人の写真を見せてもらいましたが、明野のジジィとは似ても似つかぬ別人でした」

「それじゃぁなにか? 明野のジジィは他人の素性を名乗っていたって言うのか」

「そういうことになります。念のため本物の明野正一の消息を追ってみたら、玉の井の私娼窟あたりで管を巻いていたのを立ち飲み屋の親父が覚えていました。そのとき金を払ったのが、どうも死んだ明野のジジィのようで、当時ジジィは徳田と名乗っていたそうです。しかも雑誌記者ではなくて薬屋でした。底意地の悪いジジィで、万病に効くという妙薬を商っていたとか、いないとか……近隣を聞き込んでみたところ、日本人だったかどうかも怪しくなってきました」

「……妙薬」

と、柏村は口の中だけで呟いた。

九州で人体を薬餌に加工する組織が摘発されたのが五十年ほど前のことだ。あまりのことに公にされていないのだが、見つかった人骨だけでも優に千人分を超えていたと聞く。明野のジジィがそうした者らの一味だったとするならば、柏村は素直に納得がいく。ジジィは次々に素性を変えて闇の稼業を全うしていたのだろうか。

では、永田はどうだ？　永田は明野の素性を知って消されたか。

いや違う、と柏村は即座に思った。人体加工をする者は、しかもその道のプロであるなら、犯罪の痕跡は残さぬはずだ。事実、九州の事件でも、逮捕されたのは生き肝の調達を頼まれたり死体を掘り返したりと、金欲しさにずさんな犯行をした下請けばかりだ。

――それは本人の血液ですか？――

永田が失踪した部屋の様子を話して聞かせると、堀北巡査はそう訊いた。大量の血液は永田と同じA型だったが、

――たとえば自分の血液を備蓄しておいて、偽装のため現場に残すとか、A型の貯血を使うとか、そういうこともあるかと思って――

もしも彼女の言うような手を使ったとすれば、永田は自分が死んだと思わせるために敢えて血痕を残したのだろう。明野のジジィも同様に、跡形もなく消え去らなければならなかった。自分が死んだと思わせるために。

永田と明野はどうつながる？　そして二人はどこへ消えたか。

――私たちがこちらの世界へ来ているように、この時代から二十一世紀に行った人物がいるのではないかと。その人物はこの時代に罪を犯して逃げて行ったか、そうでなければ、二十一世紀では高齢になりながらも、まだ犯罪を続けているのかもしれません――

未来の警察官二人が追っているのは遺体を処理して犯罪の痕跡を抹消する事件だ。それは人体加工組織が得意としている犯行で、明野のジジイが一味なら、彼らの失踪は何を意味する？　だが永田は刑事だ。刑事だぞ、と、柏村は知らず拳を握った。同時にこうも考えていた。刑事もただの人間だ。過ちも犯すし、間違いもする。

中野署が慌ただしくなってきたので、柏村は課長に礼を言って席を立った。

「いやいや柏村さん。どうもごちそうさまでした。それではまた」

部下の報告を受けて色めき立った課長は上辺だけの礼を言い、すぐさま部屋を出て行ってしまった。

これ幸いに柏村も中野署を出た。ポケットには永田の私物から採取した毛髪と爪が入っている。永田と明野のジジイについて想像すると柏村は、知らず足下に空いた深い闇から無数の手が伸びてくるのを見たような気分になった。

翌日。東京駅うら交番は長閑な昼下がりを迎えていた。

柏村はいつもどおりに交番の扉を開け放ち、執務室で日誌などを読み直してみた。午前中に小学生三人が道端で拾った十円玉を届けに来たので、それ用のノートに名前などを記してもらった。子供は『よいこと』をしたくて小銭を届けに来るが、大金でもない限り落とし主が申し出てくることはなく、誰の小銭か確認する術もない。それでも柏村は子供らを褒め、形ばかりの調書を記す。子供たちは満足して帰っていき、小銭は貯金箱代わりの缶に貯められて、本署の寄付箱へ投入される。

朝から気温がグングン上がり、今年最初の蟬の声がした。舗装されていない道路を車が走ると、埃が舞って景色が霞んだ。電気店のラジオからは安保闘争のニュースが流れて、戦後がまだすぐそこにあることを思い知らされた。家から持ってきた冷や飯を茶漬けにして喰ったあと、柏村はアルマイトの弁当箱を洗って伏せて、口の中で転がしていた梅干しの種を流しに捨てた。交番前の空き地は草が伸び、むしっておこうと外へ出たとき、電気店との間に通ったトンネル小路を足早にやって来る青年に気がついた。

「ややあ柏村さん。ご無沙汰しております。ちょうどよかった」

諸手を挙げてそう言うと、青年は首に掛けていた手ぬぐいで額を拭った。布がすり切れた白いワイシャツを着て、足元は下駄履きだ。あまりに嬉しそうな顔なので、柏村は眩しい思いで彼を見た。

「堀北くんじゃないか。久しぶりだが、どうしていたね？」

この青年は新聞記者の見習い中だが、それだけでは食べていけないので、柏村が何度か仕事を紹介して、現在は東京駅から先へと抜ける地下道の工事現場で働く傍ら、紙面の片隅に載る小さな記事を書いている。天涯孤独の身の上で、知り合ったばかりの頃は痩せてひょろひょろしていたが、土方仕事をしているうちにずいぶん逞しくなってきた。彼は歯のすり減った下駄で斜めに立つと、照れくさそうに笑いながら、勿体つけて後ろ手に持っていた手帳を出した。

「堀北さんに会うにはどこへ行けばいいですか？　それを教えてもらおうと思って」

柏村は眉をひそめた。

「堀北さん？　誰かね」

堀北はきみじゃないかと心の中で思っていると、青年は少し頬を赤らめ、

「やだな。ほら、前にここで会った堀北さんですよ。少年みたいな髪型の、スラリと

して明るい感じの女性です。恵平っていう珍しい名前の」

ああ。と柏村は頷いた。それは未来の堀北婦警だ。しかし、柏村は彼女に二度とここへ来てはいけないと伝えた。よもや未来の人だと真実を話すこともできず、

「あの娘か……そういえば、きみと同じ堀北だったな──」

と、頷いた。

「──彼女に何か用だったかね？」

「用というほどのこともないんですけど……初めて写真を撮ってもらったら、これがなかなかいい出来で」

堀北清司は手帳を開き、挟んであった写真を柏村に渡した。新品のワイシャツにツイードの吊りズボン、ハンチングを被って革靴を履いた凜々しい姿が写されている。おそらく街の写真館で撮影した写真の見本だ。

「ほーう、いい男っぷりに撮れているなあ。見合い写真かね？」

柏村の言葉に清司は顔を真っ赤にして、

「いやだな、そうじゃないですよ」

写真を奪うと手帳にしまった。その手帳を彼は肌身離さず持っている。着流し姿のときは懐に、土木工事に向かうときには作業着のポケットに入れていく。手帳を持っ

ていることで、どこで何をしていようと自分は記者だと己に示しているのだと言う。

そういう真っ直ぐさが柏村は眩しい。

「堀北さんはその後どうしていますか？　最後に会ったのが去年の今頃で……ずっと、どうしてるかなと思っていて」

「なんだ。彼女に気があったのか」

「だからそうじゃないですって」

ますます顔を赤くする。

「いえね、そのときは柏村さんがほかの署に呼ばれて留守だったので」

「留守だった？」

「そうです。後輩の刑事さんの件で野上署へ行ったと聞きました」

永田の事件が起こったときだ。柏村は脳に稲妻のような閃き(ひらめ)が落ちてきたのを知った。永田が消えて自分が署へ呼ばれた夜に、例の二人がここへ来ていた？

その失踪事件を仕込んだのが永田本人と明野のジジイだったなら、ジジイは成果を見張っていたに違いない。けれど、あのときジジイは野上警察署へは来なかった。いつもなら蝿のようにしつこく嗅(か)ぎ回るのに、現役の刑事が消えた事件ではヤツの姿を見なかった。永田がいないからだと思っていたが、そうではなくて、自分らの起こした事件の顚末は知る必要がなかったからだ。

けれど成果は知らねばならぬ。ならばどうする？

「……ここを見張るか」

柏村が呟いたので、清司は「え？」と、小さく言った。

「いや、なんでもない。そのとき、きみは誰かを見なかったかね？」

「え、どうでしょう？　ぼくは交番で別のお巡りさんから事件のことを聞いたんですけど。堀北さんたちと会ったのはそのあとで……」

明野のジジイがここを見張っていたのなら、例の二人を見たかもしれない。目立つ二人組だから彼らをつけて地下道に入り、そして秘密を知ったのか。だから死んだことにして、こちらからあちらへ去ったのだろうか。

「……そのとき聞いたら、堀北さんは役所に勤めているそうで、なんというか、ぼくのことを覚えてくれていて、『追加のお仕事はみつかりましたか？』って……優しいんだなあ。丸の内の工事現場で働くことは、そのときちょっと話したんですよ。でも、ビルがどんどん建つからずっと現場の手伝いで、食べるのに困ることはなくなったんですけど、ぼくがホントにやりたいのは記者だから」

「うむ。それで？」

警察も役所といえば役所だが、清司が想像しているような部署とは違う。堀北恵平巡査の時代になると、婦警も第一線でバリバリと働かされるらしい。柏村の気持ちを知りもせず、清司は続けた。

「そのとき、新聞の小さい欄を任せてもらえたって堀北さんに話したんです。そしたら初めての記事が好評で、その後もずっと同じ欄をやらしてもらっていたんですけど、実は、今度もう少し大きい紙面を任せてもらえることになったんですよ」

「おお、そうか。すごいじゃないか、それはよかった」

大げさに言うと、清司は恐縮して鼻の下を擦った。なるほど、生活力に自信が出てきて彼女に交際を申し込む決心がついたのだなと柏村は理解した。写真も彼女に見せたくて撮ったのだろうが、この時代、彼女はまだ生まれてもいない。それに彼女はもう来ない。向こうで事件を追っているのだ。

「堀北さんが勤めているのはどこの役所なんでしょうね」

「そうだなあ。どこだろうかな」

「ご存じないんですか？」

柏村は首を傾げた。

「うむ。詳しいことは聞いてないんだ。初めは兎屋の嫁さんの落とし物を届けてもらった縁で、以降は時々ここを訪ねて来ていたが、ここのところは音沙汰がない」

「時々来ていたってことは、近所に勤めているんですよね？」

「かもしれないが……きみにその気があるとは思わず、素性については聞きもしなかった。悪いなあ」

「落とし物を届けに来たとき連絡先を聞かなかったんですか？」

「書類を書いてもらったが、時間が経った分は交番にないのだ」

「……そうなのか」

清司は残念そうに肩を落とした。

「恵平なんて珍しい名前だから、このあたりにいるなら偶然見かけたり、話を聞いたりしてもいいのになあ」

「確かにな。いや、役に立てずに申し訳ない」

柏村は心の底から頭を下げた。堀北清司は好青年だから、彼女が昭和の人なら仲を取り持つこともやぶさかではないが、未来の女性では如何ともし難い。

「東京駅の地下道はどんどん延びていっていますよ。八重洲の地下駐車場を商店街にする計画もあるらしいです。ぼくはね……そりゃ土方仕事は大変ですけど、汗水垂らしてやってる仕事が未来の東京を造っていると思うことにしているんです。そう考えれば不思議と辛い感じもなくて」

柏村が彼女の素性を知らないとわかると、清司は自ら話を逸らした。

「オリンピックだって、少し前には考えられなかったことですし、日本人はすごいですよ。ぼくはこの国に生まれたことを心から誇りに思います」

そして柏村に微笑んだ。

「東京はどうなっていくんでしょうか。楽しみですねえ」

第二章　つながる時空

　二十一世紀を迎えた東京は堀北清司らが徹夜で整備した道路や線路や公共施設などのインフラがすでに老朽化して、取り壊しと再生の工事が急ピッチで進んでいる。柏村や清司らが見上げた空は高層ビルに切り取られて狭くなり、未だに電線が行き交う街はレトロさゆえに往時を知らない人々が昭和の雰囲気を楽しむ観光名所となった。変わらず多くの人が住み、新しいものや古いものが混在して賑わいを見せる東京は、昭和が終わり、平成が来て、令和になった。柏村の時代に人々を驚かせた東京タワーも今では日本一高い建造物の名をスカイツリーに譲り、その後も街は地下へ地上へ上空へと、さらに膨らみ続けている。

　前年の暮れ。東京、有楽町。六車線道路の両脇に見上げるほどのビルが並んで、車道と見紛うばかりの歩道には樹高のある植栽が整備され、巨大ガラスをはめ込んだショーウィンドウの前衛的なディスプレイを物珍しげに見る者もない。

　そうした場所に立つ五つ星ホテルのラウンジに、数人の男たちが集まっていた。ほとんどが六十代と見え、スーツを着慣れた者たちだ。中に一人だけ八十過ぎと思しき紳士がいて、椅子の背もたれに杖を掛け、テーブルの正面に座していた。縦縞のスーツに無地のベスト、細いネクタイを結んでいる。白髪をオールバックに整えて口髭をはやし、お茶を飲むときも手袋を外さない。この紳士が特別であることは、ラウンドテーブルに座っていながらその両側にだけ間隔が空いていることからわかる。

　男たちは作り笑いを交えて談笑していたが、

「承知しました――」

と紳士が言うと、それ以外の者たちは一様にホッとした表情を浮かべて互いを見やった。

「――社として最大限に協力させて頂きましょう。なんと言いますか、戦後、多くの物はあまりに安くなりすぎました。そして膨大なゴミを生み出した。使うよりも捨てる方が安い時代になったからですな……リデュース、リユース、リサイクル、3Rを推進しても処分せねばならないゴミがあるのが現状で、新たなゴミ処理施設は絶対に必要です。そこは理解しておりますよ」

男らの一人が立ち上がり、腰を屈めて紳士に言った。

「鵜野先生にそう言って頂けると助かります」

「先生はやめてください。私など、ただのゴミ処理業者の社長ですから」

ほかの者らも席を立ち、紳士に笑顔を向けて言う。

「今やゴミ処理問題は世界共通の難題ですが、日本には鵜野重三郎先生がいる。私ども区長としても心強い限りです」

「どうぞ前向きに検討をお願いします」

「鵜野さんがいてくだされば百人力です」

「いえいえ。それが弊社の得意分野で使命ですから。では、私はこれで」

鵜野と呼ばれた紳士は杖を手に席を立ち、まだテーブルに残されている飲み物や食べ物を見下ろした。

「食品ロスにならぬよう、皆さんはごゆっくり」

背筋を伸ばし、首を斜めに傾けて会釈をすると、区長らを残してラウンジを出た。

モダンな設えのラウンジは、高い天井から雨を模した照明が煌びやかに降り注ぎ、巨大な鉢植えのアレカヤシが絨毯に複雑な影を落としている。軽やかに杖を振りながら鵜野が進むと、ホテルの従業員らが姿勢を正して会釈する。そのたび彼は指先をちょっと上げてロビーへ向かい、エントランスに置かれた一対の巨大花鉢の間を通って出口を目指した。そのときだった。

「事業は成功しているようだねえ――」

どこからか、聞き覚えのある声がした。

鵜野は立ち止まり、目だけで周囲を窺(うかが)った。しかし、その声が、

「――永田くん」

と、別の名前で呼んだとき、鵜野はギョッとして振り向いた。

エントランス扉は両脇に、やはり一対の豪華なソファーが置かれている。その片方に、小柄で貧相な老人が座っていた。灰色の中折れ帽を目深に被(かぶ)り、時代遅れのスーツを着ている。歳の頃は七十前後だが、卑屈でくたびれた風貌(ふうぼう)から、鵜野よりも老けた印象を与える。鵜野はその場に凍り付き、杖を握る拳(こぶし)に力が入った。

老人はちょいと帽子を持ち上げて、ニタリと笑った。口元に覗(のぞ)いた乱ぐい歯が臭うかのようだった。

ここは二十一世紀の東京都心だ。しかも真っ昼間の高級ホテル。こんなところで幽霊を見るはずはないと、鵜野は自分に言い聞かせた。しかし老人は実体としてそこにあり、瞬(まばた)きぐらいでは消えそうにない。彼が立ち上がってそばへ来るのを、鵜野は動

くこともできずに眺めていた。

老人は微かに屍臭を漂わせている。

それは鵜野自身の鼻腔に張り付いて消えない、おぞましくも陰惨な臭いであった。

＊＊＊

東京の夏は日中に蝉の声がしないと思っていたのに、丸の内西署に勤務する恵平は、どこかで聞こえる鳴き声に何度も足を止めて空を仰いだ。都内のどこでも蝉がうるさいほど鳴いたのは、ときわ橋の近くに東京駅うら交番があった昭和の頃で、夏が暑くなりすぎてしまった二十一世紀の東京では、蝉は専ら夜に鳴く。

だからこそ日中に聞く蝉の声はメリーさんを天国へ誘う粋な計らいに思われて、手にした数珠をキュッと握った。

八月二十二日の午後一時過ぎ。恵平は東京駅おもて交番とその周辺に暮らすホームレスの人たちを代表して、日本橋小伝馬町の古刹へ向かっていた。慌ただしく通販で購入したブラックフォーマルに身を包み、履き慣れないヒール付きの靴を履き、数珠と袱紗と黒いバッグを持っているのは、東京駅のY口26番通路付近で夜を過ごしていたホームレスのメリーさんこと老舗餅屋の大女将、柏木芽衣子の葬儀に参列するためだ。葬儀会場のお寺は駅の近くにあって、喪服の人たちを幾人も見る。どの人もそれなりに高齢で、恵平ほど若い参列者は一人もいない。恵平自身、お葬式はお祖父ちゃんの時しか経験がなくて、当時はまだ学生だったし、しかもそれは山村にある実家で行ったアットホームなものだったから、都内の立派なお寺では粗相をしないか心配になる。東京駅おもて交番の洞田巡査長は、『前の人の作法を真似てすればよい』と言っていたけど、お焼香を待つ間に泣き出してしまわないかも心配だ。それほどに、恵平は亡くなったメリーさんを慕っていた。

　喪服の人々を追うようにして、広い通りを小路へ逸れる。蟬はやっぱりどこかで鳴いて、昭和、平成、令和を生きたメリーさんの死を悼む。その人はツバ広帽子で顔を隠して、体中に着るものを巻き、ボリュームのあるスカートを穿いて大きな鞄を提げていた。東京駅の丸の内側で靴磨きをするペイさんや、腕のいい職人ホームレスの徳兵衛さんや、駅周辺をねぐらと定めた人々と親交を重ねる一方で、それ以外の人とは決して口を利かなかったけれど、寒さを案じて風邪薬を届けた恵平と、温厚なお巡りさんの山川とだけは会話して、『お姉ちゃんお巡りさん』と恵平を呼んだ。

　もう二度と、誰も自分をそう呼んでくれないのだと思うと、恵平は寂しくてならない。ダメダメ、恵平。しっかりお別れを言わなくちゃ。そしてご家族にお悔やみを伝えなければ。私はみんなの代表だから。自分を叱咤しながら先へ行く。

お寺へ続く細い小路は脇ギリギリに建物の壁が続いていて、それが和風家屋の外壁なので、恵平は激しく緊張し、そのとたん、『ケッペーちゃん、ケッペーちゃん』と交番の外から手招きしていた徳兵衛の姿が思い出された。


「ケッペーちゃん、ケッペーちゃん」

あれは深夜二時過ぎだったと思う。

煌々と明かりを点したおもて交番の外に作業着姿の老人が立って、手招きしていた。カウンター奥で日報をまとめていた恵平は、それが徳兵衛だと知って外へ出た。何事かと心配したのだが、徳兵衛は申し訳なさそうに体を屈めて腰に巻いた道具袋に引っかけた巾着を外すと、それを恵平に渡してきた。ジャラジャラとして、重かった。

「徳兵衛さん、どうしたの？　これ、なあに？」

中身が小銭のようだったので落とし物だろうかと思って訊くと、徳兵衛は前歯の欠けた口で「うへへ」と笑った。

「うん。あのな、明日は婆さんの葬式だろ？」

婆さんというのはメリーさんのことだ。徳兵衛やペイさんは自分より年上だったメリーさんのことを、親しみを込めて『婆さん』と呼ぶ。

「ペイさんに聞いたらよ、交番を代表してケッペーちゃんがお焼香に行くっていうからさ」

「うん。ちょうど私が非番だし」

「だってな。それでさ……こんなことをお巡りさんに頼んでいいのか迷ったんだけど、それがケッペーちゃんだってのも婆さんの心遣いのような気がしてさ。だからケッペーちゃん。申し訳ないけど頼まれちゃくれないかなあ……俺たちもあの婆さんには散々世話になってるからさ、せめて花代というか、線香代くらいは出させて欲しいと思ってさ」

直接お別れには行けないということなんだ。徳兵衛の様子からホームレス仲間たちの気持ちを知って、恵平は小銭を持つ手に力が入った。

「もしかして、みんなでお線香代を出し合ってくれたの？」

徳兵衛は心から申し訳なさそうに首をすくめた。

「だけど幾らも入ってないと思うよ。みんな懐事情が苦しいだろ？　だから、一人幾らと決められなくてさ。袋の中に手を入れて、それぞれ心づくしを出し合ったんだよ。

幾らあるかも見ていないんだ。集めてそのままここへ持って来たんだよ」

恵平は鼻の奥がキューンと痛んだ。それは空き缶を拾ったり雑誌を集めたりして捻出した金である。早朝から夜遅くまで歩き通しても幾らにもならないはずで、だからこそ、恵平は巾着袋を抱きしめた。

「わかった。うん。私がしっかり届けてくるよ」

「あとさ。もう一つお願いがあるんだよ。記帳簿にゃ、俺らの名前を書かないでくれよな」

「え、どうして？」

徳兵衛の名前を書く気でいたので訊いた。

「だって、葬式は『兎屋の大女将の葬式』だろ。メリーの婆さんが顔を隠して誰とも話をしなかったのは、兎屋の大女将と知れて店に迷惑かけないためだよ。なのにホームレス仲間が花代出したなんて知れたらさ、息子さんたちに迷惑かけちゃうと思うんだよな。だからさ、色々お願いして悪いけど、そっと気持ちだけ置いてきて欲しいんだよ。なんなら寺の賽銭箱に放り込んでもらったっていいんだ。婆さんなら、それで俺たちの気持ちをわかってくれるはずだから」

徳兵衛はそう言ってから、

「なんつーか、東京駅界隈も寂しくなっちまったなあ」

と、鼻をこすった。ガード下に夜だけ作る徳兵衛さんの段ボールハウスで、メリーさんは時々みんなと酒盛りをした。ホームレス仲間以外とは口を利かない人だったけど、話してみれば利発で思慮深く、頭のいい女性であった。自宅があるのに階段で眠り、徹底して店と自分を切り離していた。そして売れ残りの餅や菓子を仲間たちに振る舞うことを忘れなかった。靴磨きのペイさんはそんな彼女をわがままな婆さんだと言っていたけど、恵平はむしろ眩しい思いで見つめてきた。だって彼女は大恋愛して餅屋に嫁ぎ、ご主人を亡くした後は弟さんと結婚させられて店の暖簾を守り続けた人だから。死期を悟ってホームレスを始めたとき、メリーさんは亡くなったご主人の面影を追って東京駅を徘徊した。その時間がどれほど自由で濃厚だったか、恵平は本人から聞いて知っている。女将の顔を脱ぎ捨てて初めて、メリーさんは素のままの自分と付き合ってくれる友人を得た。それがペイさんや徳兵衛さんだ。

「わかった。じゃ、『友人一同』と記帳してくるね。それならいいでしょ」

「悪いねえ」

徳兵衛は微笑んで、自分のねぐらへ帰って行った。

デスクに戻ると仮眠中だった伊倉巡査部長が交代のために起きてきたので、徳兵衛から預かった花代について報告した。

二人で小銭を数えてみると、四千二百三十二円入っていた。

「Yロ26番さんは愛されていたのだな」

伊倉巡査部長がしみじみと言う。元がいくらかわからないくらい汚れてしまった硬貨もあったが、それを袋に投じた仲間たちの気持ちを思うと、メリーさんの存在自体が偲ばれた。それにしても、まさか本当に賽銭箱へ投入してくるわけにもいかない。どうするべきか考えていると、伊倉巡査部長が自分の財布から五千円札を出して恵平に渡した。

「これで持って行きなさい。小銭じゃ、のし袋に入るまいからな」

そう言って笑っている。

「え。でも五千円に足りないですよ」

「そうか？　むしろ何万円かの価値がある。こういう金こそ届けるべきだよ」

恵平は伊倉から五千円札を受け取った。そして小銭をすべてビニール袋に入れ、ジャラジャラしたそれを彼に渡した。

「歳末募金みたいだな」

伊倉巡査部長は笑いながら袋を自分のポーチにしまった。こういうとき、丸の内西署に配属されてよかったと、恵平はしみじみ思うのだ。

交替して仮眠室へ移動してから不祝儀袋に五千円札を入れ、薄墨で名前をしたためた。住所もなしの『友人一同』。メリーさんのご家族も、これを見たら『一同』の事情を察してくれると思う。メリーさんのホームレス生活はたしかにわがままだったかもしれないけれど、そこに甘えは一切なかった。メリーさんは自分の幸せを求め、彼女自身や彼女との暮らしを愛した人とたくさん出会った。それこそ小銭の数ほどに。

袋にそっと手を置いて、恵平は「メリーさん」と、心で呼んだ。

ありがとう。これで本当にお別れなんだね。

それが本日未明の出来事だ。

お寺では、すでに読経が始まっていた。

受付で挨拶をして香典を渡し、記帳してから顔を上げると、目の前にメリーさんの次男が立っていた。おもて交番へ訃報を知らせに来てくれた長男とそっくりなので間違いない。メリーさんには息子が二人いて、長男は本堂で棺の前に、次男が受付近くで参列者の取り回しをしているようだ。彼は恵平に頭を下げてから、

「母がお世話になりました」

と、静かに言った。記帳簿に『丸の内西署』『友人一同』と記入するのを見ていたらしい。そう言われるとまた泣きそうになって、恵平は慌ててお辞儀で顔を隠した。そして生前のメリーさんから大切な言づてを頼まれていたことを思い出した。

　恵平は顔を上げ、お悔やみを伝えてからこう言った。

「少し前、私が仕事で自信をなくしていたとき、お母様と一緒に東京駅の階段で、道行く人を眺めさせてもらったことがあるんです」

　メリーさんの次男は、ただ微笑んだ。

「お母様は仰いました。生きてきたなって思うって。一生懸命に生きたなあ……アタフタしながら生きてきて、色んなことがあったなあって、それで、いつか私がこの場所で、もしも冷たくなっていて、そのときは、柏木芽衣子は幸せに人生を閉じたと思ってちょうだい。息子たちにも伝えて欲しいと……私、頼まれていたんです」

　我慢しようと思っていたのに、少しだけ涙が滲んだ。息子さんの目もみるみるうちに充血し、それでも彼はニッコリ笑った。

「そうですか……貴重なお話を聞かせて頂き、ありがとうございました」

　深く頭を下げてから、

「どうぞ母にお別れを言ってやってください」

と、十種香の香りが漂う焼香台のほうを指したので、恵平も会釈して、数珠を手に喪服の人々の列に並んだ。

境内には花輪がたくさん並んでいて、老舗餅屋の付き合いの広さが窺えた。参列者もみな貫禄があって、若い恵平だけが場違いに思えた。人の価値は悼んでくれる人の数で決まると、どこかで聞いた覚えがあるけれど、それを言うならメリーさんの死を悼む人たちは、ほかにもまだ大勢いる。彼らはガード下の段ボールハウスに集まってメリーさんを偲ぶだろう。メリーさんがいつも眠っていたＹ口26番通路の階段に小さくて丸い姿を見ることは二度となくても、恵平は、階段に直接座って、一緒に歩道を行く人たちを眺めた夜を忘れない。警察官を続けることに自信を失い、心が折れかけていた夜は、メリーさんのおかげで明けた。

――お巡りさんの顔に戻ったわ――

メリーさんの声が聞こえる。

――人ってね、自分のためには頑張らないのに、誰かのためなら頑張れるのよ――

その言葉はこれからも自分を支え続けていくだろう。誰かのためなら頑張れる。私はきっと、そういう警察官になってみせます。

焼香を終えた人々が列を抜けてゆき、恵平の番が近づいてくる。焼香台の向こうには開かれた本堂があって、金襴の内陣前にメリーさんの遺影が飾られている。

　頭を垂れる人々の肩越しに、恵平はそれを見た。

　髪を結い、和服姿でたおやかに微笑む故人の遺影は、恵平が知るメリーさんとは別人だった。ふくよかな丸顔に薄らと紅を差し、毅然とした目でカメラを見つめるその人は、どこへ出しても恥ずかしくない立派な夫人に思われた。それはメリーさんのもう一つの顔だ。メリーさんがあの姿だったら、緊張して上手く話せなかったかもしれない。兎屋の大女将柏木芽衣子には強さと厳しさと暖簾を守り続けた者の矜持がにじみ出ていて、恵平は、自分が知っていたのが彼女の人生のほんの一部に過ぎなかったと知らされた。胸に手を当て、メリーさんにもらったお守りのかたちを確かめる。彼女は同じお守りを、祖父の堀北清司にも渡していた。どんな経緯でそれをしたのか、お祖父ちゃんとはどういう知り合いだったのか、聞かないうちに逝ってしまった。

　柏木芽衣子という女性の生き様を恵平は胸に刻んだ。香台で焼香し、合掌して瞑目したとき、頭の後ろで優しい声で、

『お姉ちゃんお巡りさん』

　と、メリーさんが呼んだ気がした。

　ポッカリと空いてしまった東京駅のY口26番通路を通るたび、きっと彼女を思い出

す。メリーさん、私、絶対負けないからね。遠くで蝉が鳴いている。メリーさんがいなくても、私はもう負けたりしない。お守りをありがとう。今までホントにありがとう。ありがとうございました、と心で告げて、恵平は寺を出た。

まだ蒸し暑い小伝馬町の上空に、真っ白で見事な飛行機雲が一直線に伸びていた。

葬儀に参列した報告のために東京駅おもて交番へ顔を出した。丸の内西署の香典はみんなの気持ちを集めたもので、香典返しは上司に届けなくてはならない。『友人一同』の分も徳兵衛さんに届けなくちゃと考えていた。

立番中の山川に香典返しを差し出すと、彼はそれを先輩警察官の洞田巡査長に渡すと言った。二人一緒に交番へ入り、恵平は冷蔵庫から冷たい麦茶を一杯だけ頂戴して、カウンターの陰に隠れて飲んだ。買ったばかりのフォーマルが汗を吸ってしまったので、クリーニングに出さなきゃと考えながら、お葬式に参列するのは大変で、やっぱり結婚式に呼ばれるのとはわけが違うと心で思った。

「メリーさんにお別れできた？」

カウンターの上から覗き込んで山川が訊く。恵平は立ち上がり、空になったコップ

を洗って拭きながら、

「はい。でも、なんだかメリーさんっぽくなかったです。メリーさんでなく兎屋の女将さんのお葬式なんだと思ったら、緊張して、よくわかりませんでした」

「あー……まあ、それはね」

「立派な人がたくさんいらしてました。お茶をやっていそうな方とか、ホテル関係の人とか、あと、お坊さんとか」

「和菓子の卸し先かもね。兎屋さんは老舗だから」

「そうなんですよね……私はメリーさんしか知らなかったから、徳兵衛さんたちがお焼香に行けなかった気持ちが、参列して初めてわかったというか。私ですら、ここにいていいのかなって思ったり」

山川は、「うん、お疲れ」と小さく言った。

「でもきっと、メリーさんがホントにお別れしたかったのは、堀北とか徳兵衛さんとかペイさんとかさ、そういう人たちだったかもしれないよ」

「本当の気持ちは……わかりませんよね」

恵平は微笑んだ。

「だって私は、メリーさんになってからのメリーさんしか知らないわけで……今日はそういうことを色々と考えちゃいました。あの人は、メリーさんも含めて『柏木芽衣子』という人だったんだなって……人生って不思議ですよね」

「何が不思議なんだ？」

と声がして、トイレから洞田巡査長が現れた。交番勤務の警察官は、拳銃を貸与されているから、実はトイレが大変だ。体から拳銃を外すのは危険でリスクが高いので、外回りをするときはトイレを我慢してしまうほどである。山川はすぐさま立番に戻り、恵平もカウンターを出た。見慣れぬ恵平の喪服姿に洞田巡査長は目を細め、

「そういう格好だと、それなりに大人に見えるな」

と、言って笑った。

「充分に大人なんですけども」

普段の自分はどう見えているのだろうと不安になって言葉を返す。山川が立番に行ってしまったので、結局恵平が香典返しを洞田に渡し、葬儀に参列してきたことを報告した。洞田はメリーさんの遺族を気遣ったあと、

「栃木県警の刑事が本署へ聞き込みに来ているぞ。日曜なのにご苦労さんだな――」

と、眉をひそめた。

「――平野が呼ばれて応対してたが、堀北にも連絡が行くかもしれない。署には、堀

北は非番でメリーさんの葬式に出てると言っておいたよ」

「平野先輩が呼ばれたってことは、例の連続殺人事件の話でしょうか」

　恵平も眉をひそめた。

　少し前。恵平が夏休みで長野へ里帰りしているときに、高橋祐介という男性が東京駅の八重洲口商業施設から飛び降りて死んだ。防犯カメラの映像などから自殺であるのは明白だったが、形式的な身辺調査をしてみると、次々に不穏な事実が明るみに出た。高橋祐介は少なくとも八年前から、郷里で知り合った外国人女性を父親所有の別荘地で殺害していた疑いがあるのだ。犯行は繰り返されていたらしく、別荘地に置かれたコンテナ内部から都内で行方不明になっていた女子高校生の惨殺体まで発見された。捜査班は事件の全容解明のため岡山に住む父親を訪ねたが、その翌日に父親も自殺。残されたのはコンテナに飾られていた被害女性の私物と頭髪、そして最後の被害者の遺体だけだった。

　この事件は、自殺で終了しそうだった案件に疑問を感じ、栃木の別荘地まで出向いて腐乱遺体を発見した平野と恵平が第一通報者となったので、栃木県警の捜査員が事情を聞きに来たのだろう。聴取には現場でも応じたが、もしかすると新事実が出たのかもしれない。

「ま。何かあれば平野から連絡が行くと思うが」

「そうですね。わかりました」

と、恵平は答えた。

部屋に戻って着替えをし、汗を吸ったフォーマルスーツと、徳兵衛に渡す香典返しをトートバッグに入れた。お葬式が続くことはないと思うので、すぐクリーニングに出すことにしたのだ。

いつもながらの服装で街に戻ると、歩きやすくて清々する。スマホを確認しても平野から通知はなかったので、クリーニング店に寄ってから、徳兵衛がいると思しき日本橋の滝の広場へ向かった。歩いているとスマホが震えたので、平野が連絡をくれたのかと思った。けれどそれは平野ではなかった。

――堀北さん　ご無沙汰しています　久松警察署の水品です
新聞のお悔やみ欄でメリーさんの訃報を知りました
本日がお葬式だったようですが　堀北さんは参列されたのでしょうか　まだ研修中だった堀北さんと一緒に捜査する中　メリーさんと言葉を交わした日のことは昨日のことのように覚えています　ぼくはあの夜メリーさんから　刑事として大切なことを

教わりました　堀北さんはぼくよりずっと彼女と親しかったから　悲しい思いをしておられることでしょう　どうか元気を出してください――

久松警察署の水品刑事は学生時代からホームレス支援のボランティアを経験してきた人だ。それもあって恵平は、丸の内西署に久松署との合同捜査本部が立ったとき、平野と水品にくっついてホームレスの聞き込み捜査に同行したことがある。あの一瞬の関わりを水品が記憶してくれていたことが、恵平は嬉しかった。もうメリーさんはいなくても、メリーさんが生きた時間は東京駅界隈を知る人々の中に残っているのだ。お洒落な青年刑事の水品を思いながら、恵平は返信した。

――水品さん　こちらこそご無沙汰しています！
メリーさんのお葬式には参列させて頂きました
でも　寂しすぎて　まだ現実を受け止めきれない自分がいます
温かなメッセージをありがとうございます　堀北は大丈夫です――

メッセージを返して顔を上げると、道路から一段下がった滝の広場のベンチにぼんやり座る徳兵衛が見えた。所在なげに背中を丸めて、前を流れる日本橋川を眺めている。徳兵衛やペイさんたちは、メリーさんの寿命を知っていたのに恵平に教えてくれなかった。恵平は警察官として彼らを守っているつもりだったけど、彼らに守ってもらっていたことを後から知った。それでいいんだと今は思える。誰かのために頑張ることは警察官だけの責務じゃないから、素直にありがとうと考えている。

自販機で冷たいお茶を二本買い、恵平は徳兵衛の許へ下りていく。

二人並んで川面を眺めて、お葬式の様子を話して聞かせた。頂いて来た香典返しは徳兵衛さんがみんなと分けるそうである。兎屋のお菓子と美味しいお茶が入っているから、ガード下の段ボールハウスで頂きながらメリーさんを偲ぶのだろう。

「あれは天晴れな婆さんだったよ」

徳兵衛がしみじみ言った。その通りだと恵平も思った。

翌日は日勤で、丸の内西署に出勤した恵平を平野と桃田が待っていた。

たいていは恵平が出勤する時間に、裏口通路の自販機の前で待ち伏せしている。桃田というのは丸の内西署鑑識課の撮影技官で、平野共々研修時代に仕事を教えてもらった先輩だ。

「昨日はお疲れ」

と、平野が言って、

「お葬式はどうだった？」

と、桃田が訊いた。恵平は姿勢を正して先輩二人を見上げ、

「すごく立派なお葬式でした」

と素直に答えた。見知らぬ人のお葬式に出たような気がしたことは黙っていた。

二人はそれ以上のことは訊かずに、用件だけを素早く告げた。

「昨日、栃木県警の捜査員がこっちへ来たぞ」

「洞田巡査長から聞きました。例の殺人事件のことですね。何か新しい情報が出ましたか？」

「別段新しい話はなかったけどさ……」

平野はチラリと桃田を見やってから、

「仕事終わりに話せるか？」と訊く。

「大丈夫です」

「ぼくも話があって」

と、桃田も言った。

「『ダミちゃん』を予約しておけってことですね？　歩道のビールケースの席を」

「さすがはケッペー」

平野が言うと、桃田はニコッと笑っただけで鑑識部屋へ戻ってしまった。残された平野が恵平に声をひそめる。

「俺たちのタイムリミットが近づいて、なーんか……ピーチのほうがピリピリしてるんだよな――……最近は」

ピーチは桃田の愛称で、タイムリミットというのは恵平と平野の寿命のことだ。

東京駅界隈にたまさか出現する昭和の交番へ迷い込んでしまった者は、一年以内に命を落とす。それは警視庁の都市伝説と思われてきたが、事実、柏村に会った警察官たちは例外なく死亡している。東京駅うら交番へ続く地下道の改修工事も始まって、東京駅界隈から昭和の遺構が消え去ったとき、東京駅うら交番にまつわる噂は本物の都市伝説になるのではないかと恵平たちは考えている。

その最後を飾るのが平野と恵平の死である可能性を、桃田は心配しているのだ。恵平たちに残された時間は二ヶ月足らず。平野は唇を突き出して、

「資料課の浦野さんから書類が来たぞ」

と、短く言った。

高橋祐介の事件について、最初に情報を持ってきたのが浦野という捜査官だ。柏村の遺品にあった毛髪と爪をＤＮＡ鑑定にかけ、その結果を警視庁のデータファイルで照合したところ、高橋祐介が起こした不法滞在の外国人女性失踪事件の関係者のものと一致したと言って訪ねてきたのである。しかしそれが誰のＤＮＡかは、残念ながらまだ判明していない。柏村は毛髪と爪など採取していないと言ったし、その後、恵平と平野は柏村に会えてすらいないのだ。

ただし、そのＤＮＡの持ち主が二十一世紀の死体抹消ビジネスに関係していることは、浦野も恵平たちも同様に疑いを持っている。恵平たちからうら交番の事情を聞いた浦野は、資料課の利を活かして昭和三十年代に起きた二件の未解決事件と、うら交番の柏村巡査が殉職した事件についての調書を探してくれると約束したのだ。

「わかりました」

恵平は答え、朝礼に出るために廊下を進んだ。

仕事終わりの午後七時過ぎ。平野や桃田と話をするため私服に着替えて丸の内西署の更衣室を出ると、組対のベテラン刑事が廊下の奥からやって来た。色黒でマンドリルのような顔つきの彼は、平野が敬愛して止まないベテラン刑事の浅川だ。『資料課』と呼ばれる科学警察研究所の犯罪予防研究室に勤務している浦野の元同僚で、二人は今も仲がいい。

よれたスーツのポケットに手を突っ込んで、ガニ股で恵平のほうへ歩いてくる。

恵平は浅川に敬意を表して壁際に寄り、頭を下げて見送ろうとした。すると浅川はなぜか立ち止まり、体を斜めに揺らしながら恵平をチラリと見た。

「おまえ、ケッペーって名前なんだって？」

恵平は顔を上げ、うわずった声で「はい」と答えた。

若い頃はやんちゃだったとか、ヤクザとケンカになってノコギリ一本で応戦したとか、浅川の武勇伝は聞いている。『ヌキの浅川』と呼ばれるほどに取り調べが上手いことも知っている。その大先輩に声を掛けられたものだから、緊張でドギマギした。

「芸名じゃなくて本名なのか」

「芸名なんて……歴とした本名です。祖父が付けてくれました」

直立不動で答えると、浅川はニッと笑った。思いがけず白い歯で、笑うと怖さより愛嬌が前に出る。浅川は恵平に向き直り、マジマジと顔を見ながら、

「おまえ、長野出身だって？」

と、また訊いた。

「はい。そうです」

「長野のどこだ」

「西の外れの中条村と呼ばれた地区です」

「善光寺に近いのか」

恵平は首を傾げた。

「……近くはないです。車で四、五十分というところでしょうか。それがなにか」

浅川はフンと笑って、「いや」と、答えた。

「伝説の女刑事がいたんだよ。それが長野の出身で、奇遇だなと思ったからさ」

「伝説の女刑事ですか」

「そうだよ。猟奇犯罪捜査班って知ってるか？」

「いえ……すみません……勉強不足で」

正直に答えた。警察官に応募するとき大まかな職務内容は調べたが、そんな物騒な名前の部署は見当たらなかった。浅川は品定めするように恵平をジロジロ見ながら、首をすくめて肩を回した。

「いや、勉強してわかるような話じゃねえよ。なんたって非公式なんだから。平野が憧れて、いつか行きたいと望んでる部署だが、部署といっても所轄の組対で、俺や浦野と同じで、出世より事件が好きな野郎が班長をやってんだよ。万年警部補だがな、どでかいヤマを何件も解決してるんで、本庁も一目置いてんだ。それこそ栃木で起きた猟奇殺人事件みたいなエグいヤマが得意でな、ついたあだ名が猟奇犯罪捜査班だ」

「平野先輩がそちらへ異動を希望してるんですか？」

「あいつは若いし、実際に経験しなけりゃ学べないことはあるからな」

平野がそんな野望を持っていたとは。

「全然知りませんでした」

恵平が言うと、浅川は手刀で自分のうなじを叩きながら、

「おまえも刑事になるつもりなら、先ずは平野から学ぶことだな」

ニヤリと笑って、またフラフラと廊下を行ってしまった。

いつかは刑事になりたいと恵平が思っていることを、浅川はどうして知ったのだろう。それとも刑事というものは、観察すればそんなことまでわかってしまうのだろうか。

ヤバい、約束の時間に遅れちゃう。浅川の猫背を見送っていた恵平は、ハッとして時間を確かめた。

急いで署を飛び出すと、東京駅を通り過ぎ、呉服橋のガード下へと走り続けた。

午後七時四十二分。

恵平は約束の時間より十二分遅れて呉服橋ガード下の焼き鳥屋『ダミちゃん』に到着した。ダミ声の大将が心づくしの料理と絶品焼き鳥を食べさせてくれる、愛して止まない店である。店内が狭いので歩道にビールケースの椅子を置き、そこでも飲食可能となっていて、平野と桃田はすでに枝豆をつまみに生ビールを飲んでいた。

「遅くなってすみません」

席に着く前にジョッキを見ると、二人ともすでに空になりそうなので恵平は訊いた。

「おかわり頼んできましょうか？　同じものでいいですか？」

平野は無言で頷いて、桃田のほうは「お疲れ」と笑った。いつものように繁盛していて、店内は客で一杯だ。暖簾をちょいと持ち上げて、焼き台で鶏を焼いているダミさんに声をかける。

「こんばんは、ダミさん。追加で生ビール三杯ね」

額にタオルを巻き付けて軽快に串を返していたダミさんは、恵平に気付くとニコリと笑った。

「あいよっ。ていうか、ケッペーちゃん。ついでにこれ持ってってくんねえかなあ」

焼き鳥の盛り合わせをカウンターに載せたので、恵平はそれを平野たちのもとへ運んだ。熱々の鶏串は、塩こしょうを振った皮がチリチリと音を立てている。先輩二人の前に皿を置き、おしぼりで手を拭うのももどかしく、早速一本を口に運ぶと、皮はカリカリ、中身はジューシーで、塩とこしょうが絶妙の塩梅だった。

「うーっ、これこれ、早くビールこないかな」

平野がジョッキの中身を飲み干す前に、店員が次のジョッキを運んできた。汗をかいたジョッキを合わせて冷たいビールをクーッと飲む。これを至福と言わずになんとする。そんな恵平を見て桃田が笑った。

「堀北はビールのコマーシャルに出られそうなくらい美味しそうに飲むね」

「飲むのと喰うのは見習いの頃から遠慮の欠片もなかったからな」

「ぅあーっ、生き返った……え、なにか言いましたか？」

ジョッキを置いて訊ねると、先輩二人は苦笑した。

「いや、別に。メリーさんの件でヘコんでいるんじゃないかと心配していたからさ、元気そうで何よりだ」

桃田はそう言い、平野は無言で恵平を眺めていたが、ついっと視線を逸らしてテーブルの下から茶封筒を取り出した。

浦野の資料だ。おしぼりで手を拭ってから書類を引き出し、恵平のほうへ差し出してくる。焼き鳥の残りを口に入れ、恵平も慌てておしぼりで手を拭いた。

それは三通に分かれた調書の写しで、筆跡と書体を見ただけで古いものだと想像できた。資料課に籍を置く浦野でなければこんな資料は入手できなかったことだろう。平野がこれを恵平に渡したということは、桃田はすでに読んだのだ。

調書を見れば、昭和の警察が事件をどの程度追えていたかがわかる。結果として迷宮入りになったとしても、柏村を取り巻く三件の未解決事件、警察官バラバラ殺人と刑事の失踪、雑誌記者惨殺事件につながりはあるのか、ひいては現代の死体抹消ビジネス組織・ターンボックスとのつながりを示唆する何かが見つかるかもしれない。

「柏村さんが殉職した事件についても……調書が手に入ったんですね」

別に一通調書があって、それは柏村の分だった。彼の殉職についてはほとんど資料が残されていない。けれど、でも、これで状況が把握できる。調書を読むことは柏村の死を見るに等しい。六十年も前に死んだ人だけど、恵平の心にはありありと交番勤務時代の彼が息づいていて、ただの故人に思えない。

恵平は書類を抱きしめてから、三通の未解決事件のタイトルページを読んだ。

「昭和三十四年七月・野上警察署永田哲夫刑事失踪事件」

「無断欠勤した永田刑事を心配して下宿へ行った同僚が、大量の血痕を見つけたという事実だけが書かれてる。その後の消息も、永田刑事が消えた背景も不明のままだ。恋人も友人もいなかったようだという大家の証言と、永田という男がいかに優秀だったかを語る家族の話しか出ていない」

資料をめくる恵平に平野が言った。次いで桃田が前歯で焼き鳥を噛みながら、

「現場に残された血痕は永田哲夫と同じA型で、『ソノ量オビタダシク　生存ヲ期待デキル状況ニ非ズ』と書かれているね」

そう言ってからビールを飲んだ。

資料には永田刑事の自室らしき白黒写真が載っている。整然と片付いているというよりも、ほとんど物がない和室に踏みしだかれた布団があって、大量の血痕を布団で隠していたらしい。なくなっているのは窓のカーテンで、これに死体を包んで持ち出したと推測されたようだった。

「今なら血痕も一滴残さず写真に撮るけど、当時はまだそこまでの知識がなかったんだね。証拠写真というよりは事件現場の凄惨さを写し出すことに重きが置かれている気がするよ。科学捜査は格段に進化したんだと、そういうところからもわかるよね」

鑑識官らしい感想を桃田が喋っているとき、平野が横から手を伸ばして別の資料を指さした。

「カストリ雑誌記者の惨殺事件は永田刑事失踪事件の二ヶ月後に起きた。こっちはとんでもなく情報過多だ。ゾッとするのは、得体の知れない雑誌記者が普通の顔で警察署に入り浸っていたことだ。長閑というか、呑気というか、それが昭和なんだよな」

その資料は『昭和三十四年九月・中野警察署雑誌記者惨殺事件』となっていて、永田刑事失踪事件よりも厚かった。被害者がどんな状態だったか知っているだけに、恵平は恐る恐る資料を開いた。が、ミキサー車の写真が載っているだけで死体の写真は一枚もない。コンクリートにまみれた靴らしきものの破片と、内容物を流し出した大型バットの写真を見て、恵平は、せめて切れ端だけでも埋葬してやりたかったと柏村が保存していた衣服を思った。まだDNA鑑定が一般的ではなかった時代、この惨状では被害者が明野本人かどうか調べる術はなかっただろう。その切れ端は恵平と平野が持ち帰り、こちらでDNA鑑定に回している。

「調書によると、被害者とされるカストリ雑誌の記者・明野正一は、明野正一本人ではなかったらしい」

平野が言うので、

「え？　どういうことですか」

と、恵平は訊いた。

それがどのページに書かれているのか、ちょっと見ただけではわからない。説明したのは桃田であった。

「明野正一という人物はほかにいて、消息不明なんだよね。おそらくだけど、明野のジジイと呼ばれた記者は本物の明野正一に取り入って、戸籍と身分を盗んだんじゃないのかな。昭和ではそういう事案が結構あったようなんだ。戦中に戸籍が燃えたり紛失したりしているし、身分や素性は自己申告みたいなところがあって、情報社会の今とは全く違う」

恵平には想像もつかないことだけど、役所が紙で個人を識別していた時代の情報をデータに変換したときに、たとえば名前の読み方が違っていたため年金の手続きが大幅に滞ったというニュースは聞いたことがある。戦後に大量の出稼ぎ労働者が都内に流入し、住処(すみか)にあぶれた人たちが駅や公園や路上にいたという話も知っている。当時は身元を証明するのが本人の語る素性であり、それを確かめるには郷里へ出かけて行くしかなかったと、これは柏村から聞いた話だろうか。

恵平も少し前、実家に戻って祖父の遺品を調べたが、データで残されているものなどひとつもなかった。白黒写真にお守りに書類、ハガキに手帳に保険証、昭和の初めは、その人物と交流があった他者だけが本人を証明できるような時代だったのかもしれない。別に言うならコミュニティを離れた場合は別人として人生をやり直すことも可能だったということか。誰も知らない場所へ行き、別人になって生きていく。明野のジジィと呼ばれた男は、そういう人生を生きたのだろうか。

なぜ？　そうしなくてはならない理由があったのだ。

恵平は明野の死に疑問を抱いた。

「じゃ……記者の明野は結局、誰だったんですか」

「わからない」

と、平野が答えた。続いて桃田が説明をする。

「戸籍も名前もデタラメで、素性はわかってないんだ。殺害動機は金品の強奪と怨恨の線で捜査は進んだようだけど……カストリ雑誌の記者には大金を所持しているとの噂があった。本人が金に汚かったのと、彼が住んでいたのが他人の家の離れでね、家賃も払わず勝手に住み込んでいたんだってさ」

「え」

クサクサした顔で平野が笑う。

「さっきも言ったが、何から何まで呑気な時代だ。独り暮らしの婆さんの、でっかい家の離れにさ、堂々と住んでいたらしい。婆さんが偏屈で近所づきあいもなかったから、見知らぬ男がいるのを見ても、誰一人婆さんに教えたり訊いたりしなかったんだとさ。他人に関心がない現代とは違うんだから、別の意味で恐ろしいよな」

「呑気というなら、本物の明野正一とはそもそも年齢が違ったんだよ。もうひとつ驚きなのは、カストリ雑誌の記者になる前は『薬屋の徳田』と名乗っていたって証言があるんだ」

赤いフレームの眼鏡の奥で、桃田はニヤリと恵平を見た。

「……薬屋」

「気になるよね？」

桃田に訊かれて恵平は、落ち着くためにビールを飲んだ。

「ターンボックスの前身が『薬屋』だという俺とケッペーの推理は、あながち間違っていない気がするんだな」

平野が恵平の気持ちを代弁すると、桃田も言った。

「ぼくもそれは考える。本物の明野正一は東京に出たまま行方不明。目撃情報の最後のほうに、本物の明野正一が『薬屋の徳田』を名乗る偽者と一緒にいたという証言がある。本物はニセの明野に消されたのかもね。明治末期に九州地方で大きな死体処理組織が摘発されているけれど、似たような連中が昭和になっても都内で暗躍していたか……死体がなければ事件にならなかった時代だし、ニセの明野がそうした商売をしていたとしても驚かないよ」

「俺も気になって調べてみたが、行方不明者の届け出受理数は昨年で約七万七千人。その中にターンボックスに消された者が含まれるのか、含まれないのか。これは決して都市伝説なんかじゃないぞ」

平野の問いに答えるのなら、『含まれる』はずだと恵平は思う。ターンボックスは現代の呼び名だが、その正体は死体を売買してきた専門業者だ。組織の歴史がいつ始まったのか定かでないが、人体を薬餌（やくじ）として加工販売する組織は少なくとも江戸期より前に存在していたようだ。独自の加工技術を引き継いで人体から『薬』を作る一族もいて、国内のみならず海外でも商われていたという。現代のターンボックスは、ネットで仕入れや売買を行っている。活動も進化して、薬ではなく死体の抹消そのものを請け負っている疑いもある。事実、高橋祐介が起こした連続猟奇殺人事件ではターンボックスが死体の処理を請け負っていたようで、自殺した彼の父親も、自身や息子の犯行の隠蔽（いんぺい）をターンボックスに依頼していた痕跡（こんせき）がある。これは、ますます……と、恵平は緊張してきた。

「そういえば」

と、恵平は平野を見やった。

「栃木県警の捜査員は何を訊きに来たんですか？」

平野は小指の先で眉間を掻いた。

「高橋祐介はうちの管轄区内で自死したろ？　だからそのあたりの話を聞きに来たんだ。情報はすべて開示したよ」

「高橋祐介が自殺した理由も見えたみたいだ。ぼくらが想像したとおり、ターンボックスが突然手を引いたから、事件を隠しきれないと悟った彼は追い詰められて自殺した、という方向で決着するみたいだよ」

「ヤツの父親も然りだな」

桃田と平野が交互に言った。

「そうなるとターンボックスが手を引いた理由はなんだったんでしょう」

桃田が身を乗り出して、恵平の耳にひそひそ声で言う。

（ぼくらだよ）

『えっ』と言うかたちに口を開け、恵平が絶句していると、

「俺とピーチとケッペーと、浦野さんのせいだと思うぞ」

片方の眉を上げて、平野が笑った。

「俺たちが事件を追っていることが向こうの耳に入ったんだよ」

「どうしてですか？　どうしてターンボックスがそれを知ったんですか」

「前にもチラッと話したが、柏村さんが残した毛髪と爪のＤＮＡを、ピーチが過去の犯罪データと照合したのが発端だろう。奴らが某かの手段を講じて、クライアントが関わった事件の検索記録をサーチしていたとする。すると毛髪と爪のＤＮＡが検索されて、迂闊に動くと危険だと判断したのかもしれない。高橋祐介はずさんだったし、余計に警戒したんだろう」

「それならやっぱり毛髪と爪はターンボックスに関係があるってことですね」

「そこは間違いないと思う」

と、平野は言った。

「ターンボックスは巧妙だからね。今までだって警察のビッグデータをサーチすることで尻尾をつかませずにいたのかも」

「ハッキングしてるってことですか」

「いや、さすがにそれは無理だよ」

と、桃田は笑う。

「セキュリティを破ればバレるから、もっと巧妙に、データの外側をスキャンするんじゃないかと思う。『外国人女性失踪事件』とか、『就労ビザ』、あとは……そうだな、今回のケースでいうなら『金髪』とか『惨殺』とかね。キーワードを釣り針にして、メールや日報やコメントなどの外側情報をサーチするんだ」

「それを顧客データと照合すると、警察から嫌疑をかけられそうなクライアントが浮上するだろ。奴らは用心深いから、ことの正否は関係なく、疑わしきは容赦なく切り捨てたんじゃないかと思う。俺たちがDNAを検索し、浦野さんがそれに気付いてさらに検索を重ねたことで、高橋祐介に捜査が及ぶ可能性が浮上して連絡を絶った。高橋祐介は絶望し、酒の力を借りて自殺した。支払う予定の二百万円を持ったまま」

高橋祐介は、逮捕されておぞましい性癖が白日の下にさらされることに耐えられなかったのだ。恵平は大きく頷いてジョッキのビールを飲み干した。

柏村が残した毛髪と爪がこんな効果を生むなんて。

自分たちの調査は偶然にもおぞましい犯行をひとつ終わらせた。間違いなく終わらせたのだけれど、犯人を逮捕して司法の下で裁くことにはつながらなかった。

けれど柏村は警察官だから、犯人が死んで犯行が止まることだけではなくて、原因や状況が解明されて犯罪抑止が進み、さらに犯人の更生までを望んだはずだ……怪物って、誰なんだろう。

「さあ、そこで」

桃田は背筋を伸ばして腕を組み、平野と恵平を交互に見やった。

「勿体(もったい)つけてないで早く言え」

平野が冷たく言い捨てる。

「あっ。そういう言い方をする」

「DNAの結果だろ？」

「まあ……そうなんだけどさ」

桃田はバックパックを膝(ひざ)に載せ、中から書類を取り出した。

「平野から預かった衣服の切れ端と煙草について、鑑定結果が出たよ」

それは明野のジジイが着ていた服の切れ端と、煙草を鑑定したものだ。衣服は死亡時、煙草は生前のものだから、双方が一致しなければミキサー車で死んだのは明野のジジイではないということになる。

平野は空のジョッキを脇へ避(よ)けると、桃田のほうへ身を乗り出した。

「どうだったんだ」

桃田は鑑識官の顔になって平野を見た。

「煙草に付着していた唾液と着衣に付着していた血液は別人のものだった」

「DNAは一致しなかったんだな」

「え、じゃあ、もしかして、毛髪と爪の持ち主と?」

「残念ながらそれも別人だった。あっちはA型、こっちはB型」

「うわ……そうかーっ」

残念そうに平野が言った。平野も恵平も、毛髪と爪の持ち主こそが令和で死体抹消ビジネスに関わっている明野のジジイと睨んでいたのだ。

「だけど、コンクリートミキサー車でバラバラになったのがカストリ雑誌記者の明野正一ではなかったってことは、ハッキリしたわけですね」

「そういうことになるね」

と、桃田は言った。

「ああ、くそ! ますますわからなくなってきたじゃねえか」

平野は両手で髪を掻き上げた。恵平もしばらく考えてから、明野がターンボックスに関わっていると思った根拠を桃田に伝えた。

「柏村さんの話では、明野のジジイと呼ばれた人物から屍臭がしたと言うんです。普通は考えられませんよね？　じゃあ、その人は、どうして自分の死を偽装しなきゃならなかったんですか？　誰かになりすましたり、他人の家に勝手に住んだり、ターンボックスに関わっていたのでなければ、どうしてそんな生活をする必要があったんでしょう？」

桃田は屍臭を嗅いだかのように眉をひそめて鼻をこすった。

「その人はしつこく警察に取材を仕掛け、カストリ記事を書くことで相当の稼ぎを得ていたそうで、殺される前に有り金全部を純金に替えているんです。当時の警察はそれが、つまり金品の強奪が殺害動機と考えていたようですが」

「銀行券や貨幣は時代が変わると価値も変わるが、純金はどの時代でも換金できるだろ？　だから純金に替えてこっちへ来たと思っていたんだ……そのジジイが例の地下道を通ってこっちへ来て、ターンボックスをやってんじゃねえかと思ったんだが、ナイスアイデアじゃなかったのかよ」

「残念ながら毛髪と爪はA型で、着衣と煙草はB型なんだよ」

と、しごく冷静に桃田は言った。恵平は疑問に思う。

「でも、その人が実際に死んでいなかったなら、そして偽装殺人が二十一世紀へ来るためでなかったならば、どうして現金を純金に替えたんでしょう。ミキサー車で死んだのは誰ですか？」

「こっちへ来てないのなら、本人はどこへ消えたのか――」

平野は呟いて、ジョッキを空けた。

「――どうする？　おかわり頼むか？」

「私が頼んできます」

「ならさ。ぼくは梅酒にしようかな、ロックで」

どんだけ甘い物が好きなんだ、と、平野が桃田に言うのを聞きながら、恵平はオーダーをしに行った。大好きなレタスサラダとお新香、焼きおにぎり三つも追加して席に戻ると、平野と桃田は頭を寄せ合って話していた。

「着衣と煙草の吸い殻と……本物のＤＮＡがどっちかといえば煙草だよ。生きているときに本人が吸ってたわけだから」

「死体もＢ型だったってことは、少なくとも血液型を合わせる知識はあったってことだ。ミキサー車なんか使いやがったのも身元を判別できなくするためだ。クソ……そのジジイ、どっちの世界にいようと、とんでもなく胡散臭いな」

席に戻って恵平は言った。

「その人は小柄だったと聞いたので、素朴な疑問なんですが、そういう人が誰かをミキサー車に落としたりできるでしょうか」

「……そうだよね。素朴な疑問は大切だ……ほかにも色々……」

残りの焼き鳥を食べながら桃田が言った。

「仮説一、明野のジジィ本人が自分の死を偽装したくてやった場合は、身代わりの誰かに本人の服を着せなきゃならない」

「そうなると体格の問題も出てくるな。そもそも服を替えて欲しいと言われてハイそうですかと従うか？」

「そこは私も考えました。でも、ホームレスの人とかだったらどうですか？　着替えて欲しいと言うんじゃなくて、親切ごかしで服をあげたら」

「それなら着るかもしれないけど、その場で着るかは疑問だね」

桃田が言って平野が唸る。

「死体に着せたのかもな」

「それが一番手っ取り早いね」

「そうなると……その人物は死体に関わる仕事をしていたのかもしれないですね？

だから死体の調達ができて、屍臭がしていた……とか」

肘をついて唇に指を置き、平野と桃田は考え込んだ。

「永田刑事失踪事件と明野のジジィ殺害事件……共通するのはどちらも本人の死体がないことだよな……」

「うん……やっぱりターンボックスとのつながりを考えちゃうよね」

「お待たせしました」

頭の上から声がして、店員が飲みものと食べ物を運んできた。そして、

「どうしたんですか？　三人揃って難しそうな顔をして」

と、笑顔で訊いた。冷えたビールを桃田と平野の前に、梅酒は恵平の前に置く。

「真剣に考えていたんだよ。ダミちゃんの焼き鳥はなぜ旨いのか」

平野が言うと、彼は笑って、

「大将が焼き鳥オタクだからっすね。では、ごゆっくり」

空いた皿とジョッキを下げて、行ってしまった。

平野は新しいおしぼりで手を拭くと、ざっくり割いたレタスに特製の鶏ミンチソースを載せて口に運んだ。サクサクと新鮮な野菜の音がする。桃田も負けずにレタスに手を出したので、恵平は二皿頼むべきだったかなと考えた。桃田の梅酒と自分のビールを置き換えて、ビールケースの椅子に載せておいた資料に目をやる。

「過去からこちらへ来ているのが一人じゃなかったらどうですか？　私と平野先輩が

向こうへ行っているように、明野のジジイさんとその相棒がこちらでターンボックスをやっているとか」

「それなら仮説に齟齬も出ないね。A型の誰かとB型の明野がいてもいいわけだ」

「B型は明野のジジイさん。A型は毛髪と爪の人物で、三十歳前後の男性です」

「誰かわかれば早いのにね」

「だが、それも……」

と、レタスをバリバリ食べながら平野は言った。

「未来のここへタイムスリップしてきてさ、すんなり商売を続けられるかって問題があると思うんだよな。昭和から来たら浦島太郎状態だろ？　情報社会についてこられるとは思えない。だが、ターンボックスはネットを使って商売しているんだぞ」

「組織ですから、A型B型以外の人たちがビジネスを続けてきたんじゃないですか？」

「ならばよけいに、昭和からタイムスリップしてきた者が『匣』ビジネスに首を突っ込むのは難しくないか？　組織のショバを荒らすことになるし、その間に隠蔽技術も進めば刑事警察の捜査技法も進化しているわけだから」

「うーん……確かに……――」

と、桃田はまた言った。

「向こうでの犯罪がバレそうになって、逃亡してきただけなんでしょうか」

「――ずっと上手くやってきたのに、バレそうになった犯行なんてあるのかなあ。しかも平野が言うように、半世紀も先の世界で生きていくメリットってなんだろう。平野や堀北があっちへ迷い込んでしまったように、たまたまこっちへ来ちゃったというならともかく、自分を死んだことにして、持ち金全部を純金に替えて、準備しているわけだから」

「クッソ……やっぱターンボックスとは切り離して考えるべきなのか」

遅れて焼きおにぎりが三つきた。ダミちゃん特製のお新香付きである。香ばしい香りのそれがテーブルに置かれると、恵平はいの一番に手を出した。美味しいものは美味しいうちに頂くのがダミちゃんの流儀である。炭火で炙ったおにぎりは焦げ目がまだパリパリと音を立て、みりんと醤油が染みこんでいる。

「焼きおにぎりって懐かしい味だよね。あちち……」

桃田も一つを皿に取り、箸で真ん中から二つに割った。恵平と平野は割らずにかぶりつくスタイルだ。焦げ目の中はふっくらごはんが熱いので、冷たいぬか漬けが絶妙だ。ダミちゃんに来るたびに、料理は不思議だとつくづく思う。キュウリに人参に大根にカブ、糠に漬ければ、ただの野菜がご馳走に変わってしまうのだから。

「なんで大事に抱いてんだ？」

焼きおにぎりを咀嚼しながら平野が訊いた。

おにぎりか漬物のことかと思ったら、その目は恵平が膝に載せた書類に向いている。

柏村の事件ファイルをなぜ読まないのかと訊いたのだ。

恵平は指についた焼きおにぎりのタレを舐め、ビールを飲んでから言った。

「心の準備が必要な気がして……知らない人の事件はともかく、柏村さんの最期について読むのは怖いです」

平野は「ふん」と鼻を鳴らした。

梅酒の氷をカラカラ言わせて、桃田が二人を交互に見ている。うら交番へ迷い込んだ警察官は一年以内に命を落とすというが、期限は刻一刻と近づいて、二人のタイムリミットが近づいてくる。桃田は氷ごと梅酒を飲んでガリリとかみ砕く。

「この資料だけ借りて行ってもいいですか？　落ち着いてゆっくり読みたいんです」

「たいしたことは書いてないけどね」

桃田は言った。

「未解決事件とは別の話だし、ケッペーの好きにするといい」

平野もそう言ったので、恵平は柏村殉職事件の調書を自分のバッグに入れて、残りのおにぎりをパクつき始めた。桃田も平野もなにも言わずに、残った酒とつまみを平らげていく。自分と平野先輩が死んだ後、ピーチ先輩がたった一人で、この場所で、梅酒を飲む日が来るのだろうかと恵平は思い、彼のことだからきっと、鑑識課長や伊藤鑑識官が一緒にいてくれるはずだとまた思い、そんなことになっては困ると自分に言った。自分たちが動いたことでターンボックスが死体抹消ビジネスを展開することに躊躇し始めたというのなら、私と平野先輩はうら交番の思惑どおりにジンクスを打ち破ろうとしているのかもしれない。うら交番が現代の警察官を昭和へ呼んだ理由がそれで、ターンボックスを止めて欲しいと思っているなら、調査の方向は間違っていないし……だから、あとは、なにをどうしたらいいのだろうか。

お皿に残った人参のぬか漬けをつまんで口に入れると、恵平はパリパリと噛んで味わった。残ったビールで流し込み、満足して口を拭うと、

「おあいそ。で、いいかな？」

と、桃田が訊いた。思わず平野の様子を見ると、

「ごちそうさん」

と、平野も言った。

夜が更けるにつれて通路の席も混んできて、高架橋とビルの明かりがくっきり浮か

び、蒸されたような夜の都会の匂いがした。隣の席に焼き鳥を運んできた店員を捕まえて会計伝票を頼み、ワリカンで精算していると、平野のスマホが鳴り出した。

「浦野さんだ」

と、平野は言って、テーブルにスマホを置くとスピーカーにセットした。スマホに顔を近づけて言う。

「平野です」

たしかに浦野の声がした。

「夜分にすまんね。ちょっといいかね？」

「大丈夫です。堀北と桃田が一緒にいますが、よろしいですか」

平野が訊くと、

「この前の焼き鳥屋かな」

と、浦野は笑い、短い言葉で用件を告げた。

「実はだね。月島署の案件で捜査資料以外の報告書を詳しく調べ直したところ、マイクロバイオームの施設で見つかった人骨すべてがＤＮＡ鑑定に回されていたわけではなかったんだよ」

恵平たちは互いに顔を見合わせた。平野が問う。

「どういうことです？」

「君たちと話してみて考えたんだ。難解な事件というのは一般常識から外れた観点で見直してみる必要があるのではないかとね。もしかすると捜査陣は、マイクロバイオームの施設で見つかった骨片が複数人のものである可能性は考えず、一つの骨片からDNAを抽出しただけかもしれない。自分ならば、一番抽出に適した骨だけを調べたはずだと思ってね。そういうことはあり得るだろう？」

「骨片は今どこに？」

誰にともなく恵平が訊くと、浦野が答えた。

「幸いにも科捜研が保管していた。話を聞きに行ったら、やはり同一人物の骨という前提で、頭骨を鑑定しただけだったんだ。そこで、見つかった骨片すべてをDNA鑑定してもらったのだが、その結果……別人のDNAを持つ骨が見つかったのだよ」

浦野は続ける。

「いいかね？　特筆すべきはそのDNAで、これが最近になってから、桃田くんが鑑定依頼した煙草の唾液と一致した。年齢も人種も血液型も一致したのだよ。遺伝子的に漢民族の特徴を備えた高齢男性の骨片だったのだ」

恵平は全身が鳥肌立った。平野も桃田も二の句が継げない。

それは明野のジジイの吸い殻だ。

同じDNAを持つ骨が、現代のマイクロバイオーム施設で見つかったというのなら、明野のジジイはやはり二十一世紀へ来ていたということになる。しかも彼はこちらで殺され、死体をマイクロバイオームで溶かされて、骨片だけになっていたのだ。

ドクン、ドクン……恵平は全身を巡る血液の、流れる音を聞いたと思った。やはり一人はこっちへ来ていた。彼はターンボックスが死体の処理に利用したマイクロバイオーム施設で溶かされた。それをしたのは柏村が残した毛髪と爪の持ち主だ。なぜなら、その人物は施設のコントローラーに皮膚片を残しているから。

柏村さんはその正体を知っている。その人がたぶん、『怪物』だ。

うら交番の秘密に指がかかったという、奇妙で確かな実感があった。残る時間はあとわずか。この謎が解ければ平野先輩をジンクスから救える。

自分にも等しく死期が迫っているのに、恵平はそれが嬉しくて奮い立つ。

――人ってね、自分のためには頑張らないのに、誰かのためなら頑張れるのよ――

頭の中でメリーさんが言う。

恵平は強く拳を握った。そして拳に感じるほんの微かな手応えを、放すものかと自分に言った。

第三章　昭和と令和で殺された男

平野や桃田と別れた夜に、恵平は寮の部屋で、柏村の資料を卓袱台に載せた。正座をしてから息を吸い、姿勢を正して表紙を見下ろす。

『昭和三十五年八月十二日　丸の内地下街工事現場人質立てこもり事件及び崩落事故』と、書かれている。タイトルを見ただけなのに心拍数が上がった。

この件に関しては柏村の実子からも話を聞いたが、当初、第一報は事故との知らせで、後にその場に父親がいたと知った以外に詳しいことはわからないということだった。現場に近づくことも禁じられ、遠くから見守ることしかできなかったと。瓦礫の撤去作業にも時間がかかり、被害者たちの状況は筆舌に尽くしがたく、結局何人が死んで、それが誰だったのか、正確なことはわからないとも言っていた。柏村の死亡については彼の直前の行動と、あとは制服や警察手帳から判断したらしい。

意を決するように瞬きすると、恵平は事件調書を開いた。窓の下を行き交う車のエンジン音が遠のいて行き、遠くで蟬の声がする。それ以外は静かな夜だった。

　頁を開いて真っ先に目に飛び込んできたのは、崩落事故の直後を写した写真であった。時代がかった白黒写真は、陥没した道路に救助隊が集結し、瓦礫の撤去に追われるシーンを写したものだ。遠巻きに見守る野次馬や立ち上る土煙、現場の者らの切羽詰まった表情からは、とんでもない事態が起きていることが伝わった。

「……八月十二日午後八時過ぎ。東京駅うら交番から所轄に入電……緊急事案で、凶器を所持した男がいると応援要請……」

　エンピツで書かれた文字を読む。

「当夜、東京駅うら交番で勤務していたのは柏村巡査。第一報は無線からで、犯人が女性を人質にとって地下道へ入り込み、丸の内三丁目方向へ逃走したと伝えた。第三報は柏村巡査からではなく鉄道警察隊から。地下の工事現場で崩落事故が起きていると伝える……各方面へ緊急要請……避難を開始……」

　調書をめくると現場から助け出される人の写真が添付されていた。埃と土にまみれたその人は、目と口だけが白く浮かんで人間とわかった。服装からして作業員のようである。脚がなく、担架で運ばれていくところであった。調書には、事故現場から救出された作業員の証言が載っていた。

「柏村巡査の連絡は途絶え……助かった作業員の話によれば、警察官が犯人と交渉中に大きな音がしたとある……か。サイレンの音で避難を開始した人もいるのね……誰かが危険を知らせていたと書いてある。誰なのかはわからない」

そしてこのように結ばれていた。

――犠牲者多数。被害状況ヲ克明ニ記スダケノ証言ハナシ――

「犯人についても書かれていない。女性を人質にしたのは誰だったの？　どんな理由で事件は起きたの？」

頁を戻ると、当夜、東京駅うら交番を訪れていたという人物の証言がある。

「あ」

証言者の名前に見覚えがあった。柏木弘嗣・芽衣子夫妻となっている。恵平は証言を読んだ。

「うら交番近くの住人の話：当夜、十九時三十分過ぎ。家庭内の相談にのってもらったお礼にうら交番を訪れた。当直中の柏村巡査と会話したのは五分程度。その間来客はなかったが、杖をついた老人が交番前の地下道から出てくるのをたまたま目撃した。老人が交番へ寄ったかどうかはわからない。

うら交番隣の電気店の話：当夜、二十時少し前。うら交番で話し声がした。若い男女と老人の声だったように思う。話の内容は聞こえなかった」

恵平は顔を上げて窓を見た。立ち上がって、カーテンを開けて、物干し越しに見えるわずかな夜景を見上げたが、それで何かがわかるわけではなかった。調書にはたいしたことは書かれていない。誰かが女性を人質にして地下道へ逃げ込んだ。同じ夜に崩落事故が起き、避難を進めているうちに柏村は事故に巻き込まれ……あとは一切合切が瓦礫に押しつぶされてしまったのだ。柏村にそれを伝えていたなら、助けることができただろうか。そんなことは許されない。過去は変えることができない。

「変えられるのは未来だけ」

恵平は呟いた。

うら交番はたぶん、過去ではなくて未来を変えたいのだ。ターンボックスを解体し、これから奪われるはずの命を救えと迫るのだ。私と平野先輩の命を人質にして。

明け方に通り雨がきて、東京駅前広場の路面が濡れた。その場所は薄い水鏡となって黎明の煉瓦駅舎を映し込んでいる。官給の靴で湿った路面を踏みしめながら、恵平は駅舎正面に姿勢を正して立ち止まり、美しい建物を静かに見上げた。

百年の歴史を纏った駅舎は、恵平が見習いだったころと同じ姿でそこにある。モダンで、レトロで、威風堂々として、古臭いのに新しい。この建物をどれだけ愛したことだろう。丸の内西署に配属されて、東京駅おもて交番で日々を送れたことの幸運。駅を利用する人々と関われたことの幸せ。よき先輩に恵まれて、警察官として学べたことのありがたさ。短い間のあれこれが恵平の脳裏を次々に過ぎる。

彼女はしばらく駅舎を見つめ、そして深くお辞儀した。

早朝の駅舎に一礼するのはこの駅を見た瞬間に始まった日課で、百年の駅舎に負けない一日であろうと自分を鼓舞し続けてきた。上体を伏せて自分の膝を見ながらそのことを思い出し、再び顔を上げたとき、駅舎の奥が朝焼けに染まっていく光景に胸のあたりがザワついた。うら交番の怖いジンクスを我が事として考えたことはなかったはずが、いよいよ終わりの時が見えてくるにつれ、根拠のない焦りに駆られ始めた。平野先輩を死なせたくない。もちろん自分も死にたくはない。柏村さんを死神みたいに言わせせない。

恵平は自分の胸に呟くと、お願いしますと駅舎に言った。力をください。負けない力を。諦めず最後まで闘う力をください。震災や戦火を耐え抜いてなお、人々を迎える駅舎にあやかりたいと恵平は思い、

「よし！」

と、自分に気合いを入れて、出勤の準備をするために駆け戻って行った。

警察官である恵平は、うら交番やターンボックスについて調べる時間がほとんどない。命がかかっているのだから謎解きのみに邁進すべきだとも思わない。謎が昭和の東京駅うら交番から発信されている限り、謎を解くためには警察官であり続けることが重要のような気がするからだ。

交番勤務に就く前の午前十一時。恵平は東京駅へ向かった。地下街はいつもと似たような景色だったが、八月もあっという間に終わろうとして、駅舎を仰ぎ見た今朝は夜明けが遅くなったと感じた。季節は立ち止まらずに巡り続け、行き交う人々の間にメリーさんを見ることはもうなくて、それでも兎屋のお餅は変わらず美味で、街の喧騒も続いていく。恵平は駅地下のドラッグストアで塩飴と冷たいお茶を買ってから、丸の内側へと抜け出した。その場所には、駅前の路上で商売を許された唯一の靴磨き職人ペイさんがいて、椅子と道具箱と靴磨き台だけのささやかな露店を出している。

ペイさんの店はもはや風景の一部のようだ。高齢になってきたので店を出す頻度は徐々に下がってきているけれど、ペイさんに靴を磨いて欲しがる人は多くて、ハンチングにベストを着込んだペイさんの姿を見かけると、おとなしく列に並んで順番を待つ。兜町で株を扱うディーラーなどは験を担いで大勝負の前に必ず靴を磨きに来るし、すでに現役を引退した人がペイさんを懐かしんで来ることも、ゲートルを巻いた足を靴磨き台に載せる人がいて、くたびれた軍靴を磨いたら戦後の料金を置いていかれたことまであるという。靴磨き職人ペイさんは、今日もいつもの場所に小さな店を出していた。

高そうな服を着た銀髪の紳士が靴を磨いてもらっていたので、恵平は少し離れた場所で順番を待った。夏はサンダル履きの人が多くて商売が上がったりだとペイさんは言っていたけれど、九月の声が聞こえてくると徐々にお客さんが戻ってきた。小柄で丸っこいペイさんの姿を列に並んで眺めていると、ペイさんはいつまで東京駅で靴を磨いてくれるのだろうかと思ったりする。変わりゆくものと変わらないものがあるとして、それでも長い目で見たのなら、何かは確実に変わっているのだとも思う。恵平はお年寄りと話すたび時間旅行をしたような気分になるけれど、人の一生は案外短いのかもしれなくて、けれど自分が老いることは少しも想像できずにいる。歳を取ることすら想像できないのに、十月に寿命が尽きると言われても、まったくピンと来ないのだ。ところがそれが平野の身に起きると思ったとたん、焦りで地団駄を踏みたくなる。紳士がペイを払って去ったので、恵平は素早くペイさんの前に出た。

「ペーイーさん。靴を磨いてくださいな」

頭上で言うとペイさんは眩しそうに顔を上げ、歯の抜けた口でニカリと笑った。

「はいよぅ。いらっしゃいだねえ、ケッペーちゃん」

奥さん手編みのレースで飾った椅子に掛け、靴磨き台に足を置く。官給の革靴は支給されて以来ずっとペイさんに磨いてもらっているので、柔らかく足になじんで走りやすく、ストレスもない。

ペイさんは靴の埃を払うと布で拭いてからクリームを選び始めた。

「メリーさんのお葬式に行ってきたよ」

そう話しても、もう鼻の奥がツンと痛むことはない。寂しさは癒えないけれど、悲しみはない。それはメリーさんの生き様を受け入れることができたからだと思う。

「うんうん。おいちゃんも行ったよね」

と、ペイさんは頷いた。

「いいお葬式だったよね。婆さんらしい会だった。人に散々心配させてさ、最後はとっとと逝っちゃって、それも婆さんらしかったよね。ああいう生き様を見せられるとさ、いっそ清々しいよねえって、息子さんとも挨拶したよ……だけど……ケッペーちゃんは大丈夫かい？」

　指先にクリームを取って靴に塗りながら訊く。

「私は大丈夫。なんだかね、メリーさんがもういないって感じがしないの。今でもここに――」

　恵平は胸に手を当てて、メリーさんにもらったお守りの形を確かめた。

「――メリーさんがずっといるみたいな感じがして、色々な言葉を思い出すんだよ」

「それは婆さん冥利だねえ。おいちゃんもさ、こうして靴を磨いていると、今も後ろに婆さんが座ってるような気がするもんね。まあさ、ようやく旦那さんと一緒になれたんだから、こっちのことなんか忘れちゃってると思うよね。だけど、それでいいんだよ。死んだのに、いつまでもこっちにさ、未練を残しているよりは」

　本当にそうだと恵平も思う。

「徳兵衛さんが言ってたよ、あれは天晴れな婆さんだって」

　ペイさんは「あはは」と笑って、こう言った。

「前にさ、ここで、三人で話したことがあったよね。婆さんの靴を磨いてるときに徳兵衛さんも来ていてさ、そのときに、『あっち』へ行ったらどうするかって話をさ、三人でしたんだよ。三途の川の畔には『三途の川商店街』ってのがあるんだってさ。

閻魔様に会う前に髪を整える床屋とか、貸し経帷子の店とかさ、渡し賃を貸す高利貸しとか、いろんな商売をやっているから、婆さんは向こうへ行ったら旦那さんと立ち飲み屋をやって、おいちゃんやホームレスの友だちが行くのを待ってるってさ」

「三途の川商店街？　なんかシュールね」

恵平が訊くと、ペイさんは靴をシャカシャカ磨きながら、

「そうだよう」

と、言って笑った。

「古着屋『奪衣婆』、喫茶『牛頭馬頭』、金貸しの『六文銭』とかね。婆さんの寿命が近いと知った時、そういう話をしたんだよね。立ち飲み屋をやるって言うもんだから、なんで餅屋じゃないのか訊いたらさ、餅屋はもうこりごりだって。朝も早くて大変だから昼過ぎからの商売がいいってさ。そんならおいちゃんは婆さんの店の軒先借りて靴磨きやるよって言ったんだけど、ホトケさんは草鞋履きだから、靴磨きは流行らないわよって。ひでえこと言うよねえ」

「それって、『ペイさんは長生きしてね』って意味だったんじゃないの？」

靴にピッピと水を振り、ペイさんはほんの少しだけ手を止めた。

「あ、そうか。そういう意味だったのかなぁ」

そしてものすごい勢いでシャカシャカと靴を磨き始めた。埃だらけの革靴が、みるみる輝きを増していく。死期が近いというときにそんな話をしていたなんて、自分の何倍も生きてきた人たちはすごい。互いの生き様を認め合えるからこそ絶妙な距離を取れるのだろう。恵平は、ペイさんたちの関係が羨ましくも眩しく思えた。

「あのね、ペイさん。ちょっと教えて欲しいことがあって」

「いいよ。なにかな？」

と、ペイさんは訊いた。片方を磨き終え、もう片方を靴磨き台に載せ替える。

「気味の悪いことを訊いてごめんね……昭和の頃に……」

こんな話をしていいのかなと思っていると、

「死体ビジネスの話かな？」

ペイさんは先回りして言った。

「なんでわかったの」

一瞬だけ恵平を見てニタリと笑う。

「靴磨きは耳ざといんだよ。なーんて、それは嘘だけど。このまえ珍しい人が靴を磨きに来たもんだからさ。ケッペーちゃんも知ってる人だよ。モップ頭の元刑事さん」

「浦野さんを知ってるの？」

「知ってるもなにも、浅川刑事さんの友だちだもんね？　浅川さんがストリップ小屋の看板描いてた頃からさ、おいちゃんは、ここで靴を磨いてるんだから」

「驚いた。みんなペイさんのお得意様なのね」

ペイさんは靴の埃を手早く払い、乾いた布で拭き取って、またクリームを選び始めた。指先を切った手袋をはめ、絆創膏（ばんそうこう）を巻いた指でクリームを塗りつけていく。

「時代はこんなに変わったのに、人間はいつまで愚かなままなんだろうねえ。おいちゃんが小さかった頃にはさ、ホトケさんが出ると、ホトケさんが寝ている布団の上に刃物を置いていたんだよ。鎌とか包丁とか、それが不思議で仕方がなくって、なんで？　って訊くと、猫が死人を跨（また）ぐと猫股（ねこまた）憑きになるから、猫除（よ）けだって教えられたもんだよね」

「猫股ってなあに？」

「猫のバケモノだよう」

ペイさんは真面目な声でそう言った。

「あの頃は土葬が一般的だったから、新しいホトケさんを埋めたお墓は土饅頭（どまんじゅう）になっていて、そりゃ怖かったもんだよね。それで、猫が猫股になると、夜に墓場で死人を踊らせるって言うんだよ」

三角形の天冠を着けた死人が夜の墓場で踊る姿を想像すると、怖そうでもあるし、滑稽にも思う。それでも実際に目の当たりにしたならば、腰を抜かしてしまうだろう。

「本当はまだ生きていたのに埋められたとか、お墓を掘り起こしたら棺桶の裏に引っ掻いた跡があったとか、怖い話をよく聞いたよね。でもね、本当に怖いのは……」

ペイさんが効果を狙うように声を潜めたので、恵平は思わず固唾を呑んだ。

「どうしてそんな迷信が生まれたかってこと。それがわかるとホントに怖いよ」

「え……どういうこと?」

ハンチング帽の隙間から恵平を見てペイさんが言う。

「迷信ができたのは実際に死体がよく消えたからだよね。今にして思うとさ、それがケッペーちゃんたちの追いかけているビジネスだったのかなって」

恵平は大きく頷いて、

「……そういうことはよくあったんだ」

独り言のように呟いた。ペイさんの話が本当ならば、人体加工場から千人分の骨が出たということもあり得るわけだ。ペイさんは言う。

「心中したご令嬢の遺体が盗まれたなんて事件もあったしね、若い女性が亡くなると、墓番をする家もあったよね」

「現代でもそういう組織はあると思う？　でも、今は無理だよね？　日本は火葬が主流だから」

「……お墓から盗むのは無理でもさ、ホトケさんなら手に入るんじゃないかと思うよね、今だって――」

ペイさんがさらりと言うので、恵平はのけぞりそうになった。

「うちの母ちゃんが行ってる歯医者にさ、髑髏の標本が飾ってあるって。そいで母ちゃんが先生に訊いたらね、本物だって言うんだよ。買えるんだって。歯が全部揃った若い女性の骸骨で、ガンジス川で水葬になった人のを拾って売っているんだってさ」

「レプリカじゃないの？」

「本物のほうが作るより安いんだって。なんだかさあ……考えちゃうよね」

恵平は混乱してきた。人の体は誰のものか。体も命も借り物なのか。人の尊厳とは、どこからどこまでを言うのだろう。

「そういうことを考えると、『匣』はねえ、今もあってもおかしくないと思うよねえ。それにこういう時代だからさ、潜って仕事なんかしてないんじゃないかと思うよね？大きな会社になっちゃって、立派な事業をしているのかもしれないよ」

恵平は雷に打たれたような気持ちがした。

ペイさんの言葉には妙な現実味がある。マイクロバイオーム施設のコントローラーにはDNAが残されていたし、その人物は殺人のために施設に忍び込んだわけではなくて、ただマイクロバイオームの事業を展開している可能性もあるわけだ。

そうか。そうだったのか。『なかったことにする』ビジネスを大々的に展開し、堂々と人を消し去っていたのだとすれば、清掃工場のゴミ集積プールから遺体が出た事件も辻褄が合う。

「ペイさん、ありがとう」

靴磨き代を支払ったとき、恵平は塩飴とお茶をペイさんに渡した。

「まだ暑いから、これ飲んで。長生きして欲しいから」

ペイさんは歯の抜けた口でニタニタ笑った。

「ありがとねえ……でも、おいちゃんはメリーの婆さんよりも若いから大丈夫だよ」

恵平はお年寄りの年齢を推測するのが下手くそだ。三十代、四十代、五十代のその上は、年の差が判断できずに一括りにしてしまう。でも、ペイさんには百歳まで生きていて欲しい。ずっとここにいて欲しいのだ。

勝手な思いは心に秘めて、恵平はペイさんと別れた。

カレンダーは九月に変わった。

恵平は仕事と調査の合間を縫って、柏村の実子・柏村肇に手紙を書いた。

あれから東京駅うら交番へ行っていないのは、柏村に止められたからというよりも、地下道の工事が始まってしまったからだ。柏村と会う道が閉ざされた今は、手元に残った資料や情報を精査して謎を解き明かすほかはない。部外者の柏村肇に捜査情報を伝えることはできないので、恵平はいつも時候の挨拶をしたためてから、肇の体調を思い遣る言葉で手紙を閉じる。三通に一通くらいは返事がきて、その文面からは、肇が父の死の真相を知れる日を楽しみにしていることが察せられる。

どう転んでもあとひと月だ。ひと月でケリがつかなければ、東京駅うら交番の謎を抱えたままで、私たちはいなくなってしまうかもしれないのだから。

手紙はいつも署に届くので、恵平はそれを書簡入れ代わりのクッキー缶に収めて更衣室のロッカーに忍ばせておく。小さな鏡に顔を映して「よし」と、ほっぺたを持ち上げてから、廊下に出ると平野がいた。

「おはようございます」

壁に寄りかかっていた平野は気怠そうに首を回して「おはよう」と答えた。恵平と並んで歩きながら言う。

「月島署に合同捜査本部が立つぞ」

「え」

恵平は足を止めた。

丸の内西署もそうだが、この界隈の所轄が直近で抱えた重大事件はないはずだ。

「『戒名』を聞きたいか」

と平野が問うので、頷いた。

「『中央区に於けるホームレス等失踪殺人事件』だよ」

言って平野はニヤリと笑う。

「それって、マイクロバイオーム施設から出た人骨とかが、事件と認識されたってことですか」

「浅川刑事と浦野さんが河島班長を焚きつけて、うちの署長や河島班長らが動いた結果だ。幸い月島署は署長が代わったとこなんだってさ。で、この前うちが高橋祐介の自殺から連続殺人事件を引き当てたこともあって、新しい署長が燃えてるらしい。未解決事件の検挙で箔をつけたいのか知らんが、月島署が陣頭指揮を執り、うちと久松署、対策支援室が協力することになったんだ」

「ホームレス殺害事件の捜査班に『資料課』が加わるってことですね」

「そうだ。外国人女性失踪事件から、高橋祐介の連続猟奇殺人事件を引き当てたのは資料課だしな」

「そういえば……」

　恵平は、合同捜査本部の話とは関係のないことを思い出した。

「平野先輩は、猟奇犯罪捜査班と呼ばれる部署に異動の希望があるんですか」

「あ？」

　怪訝そうに眉をひそめて、平野は下唇を突き出した。

「なんでそんな話を知ってんだよ」

「やっぱり本当だったんですね？　浅川さんに聞いたんです」

　首を傾けてうなじを掻きながら、「まいったな」と、平野は呟く。

「それって正式な部署じゃなく、所轄の班に過ぎないんですよね」

「八王子西署の組対だよ。所轄だが本庁も一目置いていて、ケッペーが見習いだったころ鑑識講習にも来ていたはずだぞ」

「痴漢が触った下着から指紋を検出した話は覚えています」

「東大の検死官と組んで猟奇事件を何件も解決してきた班なんだ。メンバーが異動しないから、なかなか席が空かないが、いつかはって思っているよ。俺に限らず、そういう刑事は多いんじゃないかな」

「そうなんですね。ちっとも知りませんでした」

「ま。メジャーな班でもないからな」

廊下の奥から署員が来たので、二人も歩き始めた。

「で、本題な？　河島班長から伊倉巡査部長に話を通してもらうつもりだが、ケッペーも捜査会議に出てみるか？」

「いいんですか」

「この案件に一番深く関わっているって署の連中は知ってるからな。初顔合わせは二十時だ。今日は日勤だったよな」

「はい」

「制服じゃなくスーツで来いよ？　んじゃ」

廊下の先で別れると、平野は刑事課へ、恵平は地域総務課へ向かった。

歩きながらも体の芯が熱くなる。

夢みたい。ついに、ついに、ターンボックスこと『匣』の捜査が始まるんだ。

それは恵平に言い知れぬ高揚感を与えた。恵平にはターンボックスを知るきっかけとなった少女たちへの想いがある。まだ見習い警察官だった頃、生活安全課の研修中に、恵平は生理で動けなくなった少女を助けて安堵した。それが未承認の堕胎薬による出血だと知りもせず、みすみす少女を死なせてしまった。

違法堕胎薬を手配したのはターンボックス。それだけではなく、捜査中に知り合った別の少女は死産児をターンボックスに売っていた。ターンボックスは『なかったことにする』というキーワードを用いて望まぬ妊娠をした少女たちを食い物にする。同じキーワードを用いて殺人の痕跡を隠蔽する。ネットを通じて日常に根を張り、嬰児の遺体の買い取りや違法薬物の売買に未成年者の手を染めさせる。

それが柏村の時代から暗躍している組織『匣』だなんて、誰が想像するだろう。でもついに、警察は組織としてターンボックスを捜査するのだ。『匣』の全容が解明されれば毛髪と爪の持ち主がわかり、マイクロバイオームの施設で明野のジジイの骨片が見つかった理由もわかるかもしれない。彼らがどうやって死体を処理していたのかも、誰がそれを依頼したのかもわかるだろう。高橋祐介のような殺人鬼が何人も見つかるかもしれないし、そうなれば、なかったことにされた悪事が白日の下にさらされて、普通の顔で暮らしている犯罪者たちのもう一つの顔が暴かれる。うら交番の謎も解けるのだ。

だけど、でも。

恵平は、それがどういうことなのか思い当たって深呼吸した。

違法堕胎薬を飲んだ少女や嬰児の遺体を売った少女は、どこにでもいるごく普通の女の子たちだった。現実に戸惑い、逃げ道を探してターンボックスと関わった。あのとき誰かが助けたら、正しい知識を与えたら、独りじゃないと言ってあげたら、起きないはずの犯罪だった。でも、ターンボックスが摘発されて、なにもかもが明かされたなら、あの子たちも非難の矢面に立たされるのだろうか。

警察官をしていると、罪の境界線の脆(もろ)さに愕然(がくぜん)とすることがある。危険と恐怖はいつだって平和の中に潜んでいるのに、それを知らずに生きてこられた幸福な人たちが、彼女たちを誹(そし)るようなことが起きるのだろうか。

恵平にはまだわからない。なにが正義で、なにが正しい行いなのか。そもそも絶対的な正義なんてあるのだろうか。警察官としての指針は胸にあっても、人としての自分は悩むばかりで答えが見えない。

メリーさんのお守りに手を当てて、恵平は今日も交番勤務へ向かった。

同日午後八時前。交番勤務を終えてからスーツに着替えて月島署へ向かった。

月島署は見るからに立派な建物で、広々として近代的な大通りに面してスタイリッシュにそびえている。背筋を伸ばし、緊張の面持ちで入っていくと、本部が置かれる会議室の入口で平野と水品が立ち話をしていた。二人とも服装の好みがお洒落なので、近代的な警察署によく似合い、並んで立つと汎用スーツのモデルのようだ。

桃田も長身でお洒落だけれど、マッシュヘアに赤いフレームのメガネをかけているのでスーツのモデルとは特性が違う。ピーチ先輩がモデルをやるならキレカジ系ねと、恵平は密かに考える。

「お疲れ様です」

二人の前に進んで挨拶すると、平野は素っ気なく「よう」と言い、「堀北さん」と、水品は微笑んだ。

「先日はメールをありがとうございました」

水品に向かって頭を下げると、

「いえいえ。ぼくもショックだったので」

と、水品は言う。

「メリーさんのお悔やみ欄を見て、お見舞いメールを下さったんです」

事情を知らない平野に説明すると、

「まめなヤツだな」

と言い置いて、先に会議室へ入って行った。

「堀北さんと捜査するのはスーツケースのバラバラ殺人事件以来ですね」

「いえ。私は地域総務課の交番勤務に配属されて、今夜は見学だけなんです」

「そうなんですか。地域総務課？」

「東京駅おもて交番で、お巡りさんをやってます」

「ケッペー」

と平野が呼んだので、恵平は水品に頭を下げて部屋に入り、丸の内西署のシマに腰を下ろした。水品も久松署のシマへと急ぐ。

捜査会議に出るときは、いつも激しく緊張する。周囲にいるのが百戦錬磨の刑事たちばかりで、粗相をしないか心配になるのだ。所轄の刑事らが席に着き終わる頃に、本庁の捜査員らが中央を通ってやって来て、前のほうの席に着く。雛壇(ひなだん)には各署の署長と捜査幹部がズラリと並ぶ。今回は初動捜査からの捜査本部設立ではないから、本庁の捜査一課長ほか管理官や指揮官や後方支援の責任者たちが並んでいる。その顔ぶれの多彩さから、ターンボックス摘発が月島署の新署長の思いつきや所轄署だけの事案でもなかったことを知る。恵平と平野が疑いを抱くより前に、本庁や所轄署の一部がターンボックスを探っていたのだ。それがとうとう合同捜査本部設立に至った理由は、やはり高橋祐介の連続猟奇殺人事件が明るみに出たことが大きいと思われる。

恵平の隣には平野がいて、その隣には浅川や河島班長らが座っている。手元の資料はかなりの厚みだ。恵平には資料がないので平野のものを見せてもらうと、六月に月島署管内のゴミ処理施設で起きたホームレス殺害事件についても載せられていた。マイクロバイオームの施設で見つかった複数個の人骨の写真も、人骨から身元が判明したホームレスの生前写真も、ターンボックスに消されたと思しき末端スタッフ数名の顔写真まで載せてある。恵平は緊張が高まって、思わずゴクリと喉を鳴らした。

隣の平野は背筋を伸ばして前を見ている。まずは平野から学べと浅川に言われたことを思い出し、恵平もピンと背筋を伸ばした。

捜査会議は定時に始まる。一同が起立して、再び着席すると、雛壇脇のスクリーンに幾人もの被害者の写真と、写真がない個人を表すシルエットが映し出された。

六月。不明の感染症禍で人影が途絶えた街角から何人ものホームレスが消えた。そして月島署管内の清掃工場からバラバラ遺体となって見つかった。最初はご遺体が何らかの事情でゴミに紛れ込んだものだと考えられたが、後に、それは悪意なき第三者が分業で起こした殺人事件であるとわかった。被害者らは泥酔して路上に寝ていたところをパッカー車に詰め込まれて死んだのだ。実行犯複数名が検挙されたが、誰一人として殺人に関与している自覚がなかった。彼らはネットで高額バイトを検索し、パッカー車の無断使用や、ホームレスを荷箱に乗せる悪戯や、酒を飲ませる役を分業で請け負っていた。

それとは別に、マイクロバイオームの施設で見つかった骨片にも一枚の写真と一枚のシルエットが貼り付けてあった。この被害者は家賃滞納で住処を追われてホームレスになっていた。ほかに男性のシルエットが追加されたが、それが昭和から来た明野のジジイであることを恵平たちは知っている。

冒頭、口を開いたのは月島署の副署長で、六月に管内で起きたホームレス無差別殺人事件のあらましを説明した後に、本庁から来た捜査一課長に話を代わった。課長も管理官もホームレス事件の捜査本部と同じメンツだと、平野がコッソリ教えてくれた。

「我々は一連の事件の裏にネット掲示板やSNSなどを通して遺体処理を請け負う組織があると考えている。推測の域を出てはいないが、奴らが大量の遺体処理を速やかに行うための実験として、ホームレス殺害事件を起こしたと疑う者もいる。当時は感染症禍でゴミが増え、夜間の人流も減って、処理実験には好都合な状況だった――」

一同はざわめいた。恵平自身もそれを疑っていたとはいえ、捜査一課長の口から聞くと覚悟のほどが全く違って、総毛立つような衝撃を受けた。明治四十二年、一人の刑事の熱意が死体加工工場を突き止めた。声をあげても信じてもらえず、捜査も始まらなかったので、自腹で人を雇って地面を掘らせ、夥しい人骨を発見したのだ。証拠が出ては無視できず、警察が動いて巨大組織が摘発された。彼らの一味が現代でも悪事を続けているとするなら、まるで都市伝説だ。平野が異動を望むのもこんな事件と闘うためか。そんな環境に身を置けば人を信じられなくなりそうで、自分は無理だと思ってしまう。

「──こう話してもなんのことかと訝る者も多かろう。遺体処理業者の存在については、数年前から本庁のビッグデータ分析班がネットの記録を追い続けていたのだが、月島署のホームレス殺害事件で初めて本格的な疑いが強まった」

スクリーンから被害者らの画像が消えると、代わりに文字が映し出された。一部文字化けしているが、雛壇の隅にいた人物が文面について説明をした。

「これはビッグデータ分析班が入手した当該サイトのやりとりだ。クライアントがアクセスすると、末端の依頼人からプロの顧客まで、ランクによって振り分けられる。これはプロが入れる貴賓室でのやりとりで、セキュリティを破るのが大変だった。文字化け部分をＡＩに補足させ、概ね以下のような文面を得た」

上下とも紺のスーツで、うらなり風の外見をした捜査官は、手元のメモを見ながらメガネを直し、スクリーンに映し出された暗号のような文面を読んだ。

「『新規トモカヅキ5〜6体、三日のうち』通信の日付は五月十八日だ」

それで内容を理解できる者などいるのだろうか。恵平が考えていると、捜査一課長が脇から言った。

「トモカヅキは死体のことだ。地方の言葉で生者の振りをする死者を指す」

前の列の誰かが手を挙げて、

「ホームレス殺害はこの要求に応じるための実験だったということですか」

うらなり捜査官はスクリーンの画像を変えた。

火災現場が映し出される。住宅地や工業地帯ではなく、背景に山があり、大量の廃棄物が積まれた場所が炎と黒煙に包まれている。

「ターンボックスは、この案件ではゴミ処理施設を使用しなかった。火災は五月二十日に津市で発生したものだ。山間部にある廃棄物処理施設で火災が発生、分別作業をしていた作業員六名が焼死している」

一同はまたもざわめいた。

「この産廃業者は度々行政指導を受けていて、死亡した作業員六名の身元は不明だ。分別作業をさせるためディーラーが積み卸した者たちで、作業者をネットで募り、集合場所まで迎えに行って保険なしに作業させ、日当は現金払い。身元確認などしないので誰だかわからないという理屈だな。……遺体は高温で焼かれ、火災発生時に生存していたのか、死体だったのかは判別不能だ。これがトモカヅキ6体だった可能性があると睨んで、現在も捜査を継続中だ。近い地域では悪徳ブローカーが生活困窮者を囲い込み、年金や生活保護費を申請させて蛸部屋に軟禁、受給金額から手数料をぶんどるビジネスが横行している。その結果自然死もしくは暴行死した者の処理をターンボックスに委託していたこともわかっている」

「お得意さんってことか」

平野がボソッと呟いた。捜査本部内も騒がしくなった。言語道断の所業を知って、誰もがなにか言わずにいられないのだ。恵平も小声で平野に訊いた。

「そうした処理を継続的に請け負うために実験したってことですか？」

人体を薬餌にするのも酷いけど、人そのものを金儲けに使って処理するというのもあまりに酷い。それが徳兵衛さんやメリーさんだったらと思うと、恵平は怒りのあまり泣きたくなった。

「ターンボックスにかかる嫌疑はほかにもある。違法薬物の売買、犯罪死体や嬰児の遺体の引き取り、事故車の隠蔽、犯罪現場の証拠隠滅、グループ内の口封じで偽装殺人が起きた疑いもあるが、こちらはまだ確たる証拠が出ていない。ホームレス殺人事件も首謀者不明だ。そこで、過去の事件を含め徹底的に線を洗い出すことにした」

はい。と一斉に声が上がると、恵平も奥歯を嚙みしめた。

捜査会議は短時間で終了する。各班に捜査事項が割り当てられると参加者は席を立ち、三々五々それぞれの持ち場へ去って行く。河島班長に参加させてもらった礼を言い、平野の後から会議室を出ると、どこにいたのか浦野と浅川がスーッと近づいて来た。恵平と平野の後ろを歩きながら、

「面白えもんを見せてやる」

声を殺して浅川が言う。振り向くと、隣で浦野が笑っていた。色黒で、痩身で、背が高く、マンドリル顔の浅川と、色白で、小柄で、白髪で、モップ頭の博士のような浦野はどちらもキャラが立っていて、こんな二人が犯人ならば、『見当たり捜査』も楽だろうと思ってしまう。そんな場合じゃないというのに。

「なんすか、面白いものって」

平野が訊いたが、浅川は答えもせずに前に出た。浦野も同時に前に出て、恵平とす

れ違うとき、小さな声で、

「距離を取ってついてきなさい。君たちのためだ」

と、囁いた。二人はそのまま先へ行き、早足で月島署を出ると、駅へ向かわず脇道に入った。恵平と平野もついていく。浦野から言われたとおりに距離を取り、離れた場所で見ていると、男が一人、駆け足で浅川らに近寄っていった。

人通りのない裏道の暗がりで、浅川と男が話をしている。しばらくすると、男は足早にどこかへ消えた。浅川と浦野は街灯の下に寄り、恵平らを見てニヤリと笑った。再び歩き出したので、恵平と平野は追いかけていって合流した。

「おめえら、腹減ってねえか？」

浅川が唐突に訊いたので、恵平たちは視線を交わし、

「腹ぺこですね」

と、平野が答えた。勝どき駅のほうまで戻って、浅川が懇意にしている裏路地の店に入った。中国人夫婦が経営するこぢんまりとした大衆食堂で、新鮮でボリューミーな海鮮丼を食べさせてくれるというので注文し、まずは大瓶のビールを二本とる。四人で分けて喉を潤し、ようやく浅川が口を開いた。

「さっきのは記者クラブだ」

平野が怪訝そうに眉を上げ、

「記者になにを話したんですか？」

問いかけると、浅川は浦野と視線を交わしてほくそ笑んだ。

「捜査本部が立ったと伝えた。国内に根を張る秘密組織を摘発するとな」

「チクったんですか、メディアに」

責めるように強く言う。そんな平野のグラスにビールを注ぎ、浅川はお通しのザーサイをクチャクチャ言わせた。

「そう熱くなるな。ターンボックスを炙り出すためだ」

平野は浅川と浦野のほうへ身を乗り出して、

「職務規程違反じゃないですか」

囁くなりドンと椅子に掛け、自分のビールをひったくってゴクゴク飲んだ。

「そんなことは浅川も承知の上だよ。私たちには後がないのでね。だが、老兵には老兵の役目がある。こんなヤマを残したまま引退してなるものか。そういうことさ」

モップ頭の下で優しげに目をショボショボさせて浦野が笑う。

「いいか？　奴らは証拠を残さねえんだ。それなのに、プロの仕事を請け負うほど手広く商売をやっている。そんなことはな、普通はあり得ねえんだよ。組織ってぇのは、大きくなればなるほど、歴史が長くなればなるほど、統制をとるのが難しくなってくるからな。仕事ってぇのは、バランスだ。なのに黒幕が尻尾を摑ませねえのはなぜだと思う？」

浅川が平野に訊ね、恵平も考えた。

用意周到で陰湿だから、というのは答えじゃない。では、なにをどうしたら組織を守り続けて来られたか、考えてみても想像がつかない。作法を知る一門だけが秘密裏に仕事を請け負ってきたから、というのも現実的ではないと思うし、それだと関わる人間を増やせない。あれこれ考えていると、浅川が言った。

「組織は最大限に大きく見せる。しかし実態は小せえんじゃねえかと俺は思う」

「ホームレス事件と同じ構図だよ」

と、浦野も言った。

「『匣』サイトで顧客と話す者たちには、少なからず法を犯しているという認識がある。ただし彼らは末端で、ツナギ、回収、受け渡し以外の内情を知らない。仲間同士で顔すら知らない可能性もある。今はそれが可能な時代だからね。運び屋が何人か殺害されたが、それも末端同士の小競り合いの結果かもしれん。もしもトップが手を下したら、そもそも死体は出なかったはずだ」

「死体や痕跡を残すのは、『匣』本来のやり口じゃねえからな」

たしかに高橋祐介が起こした連続殺人も最後の一人しか死体が出ていない。

「『匣』の歴史は古いって本当ですか」

と、平野が訊いた。浦野には柏村のことを話してあるので、うら交番の噂と、平野や恵平がそこへ行ったということも、浅川の耳には入っているはずだ。

「本当だよ。俺が知ってる限りでも、うちの婆さんや爺さんがそういう話をしていたからな。ガキの頃は怪談の作り話と思っていたが、あの時代はわりと普通のことだったのかもしれねえよ。おおっぴらには言わねえが、病人が夜の墓場に出てってよ、生で喰ってたなんて話もあったぜ」

想像して恵平は顔をしかめた。

「人はどこまでも浅ましい。生で喰えば怪談になるが、臓器移植はどうだろう？　なんでも見方次第だよ。時代はあまり関係がないのかもしれんなあ」

飄々と浦野は言って、ビールを干した。

恵平は浦野の言葉を考える。いつも同じことを考えてしまう。生きるためにできること、生きられる命を救うこと。大切な誰かが死にかけていて、できることがあったなら、自分はそれをするのだろうか。命と倫理の一線はどんな基準で引くべきなのか。

そもそも自分はそういうことを、深く考えることなく生きてきてしまったのかもしれない。

海鮮丼が運ばれてきた。どのネタも活きがよく、ツヤツヤとして光って見える。酢飯と海苔のよい香りがして、食欲が盛り返す。

「旨そうですね」

と平野が言うと、浅川は丼を引き寄せて「だろ?」と笑った。

「ここのを喰ったら、ほかでは喰えねえよ」

丼に直接醤油を回しかけ、醤油差しを渡してくれる。

恵平は最後に受け取って、自分の小皿に醤油を注いだ。美味しいお店は裏路地や高架下にひっそりとあるのだなあと、ダミちゃんのことを思ったりする。甘エビを口にいれたとき、美味しすぎてお腹が鳴った。

「うわ……おいしい……うわぁ、お刺身プリップリですね、しかも甘～い」

ごはんの温度も絶妙だ。熱くなく、冷たすぎもせず、酢は柔らかくまろやかで、すべての香りが立っている。海鮮を次々口に運んでいると、

「欠食児童みてえな食いっぷりだな」

と浅川が笑ったので、柏村にも同じことを言われたなと思う。浅川や浦野と一緒に

いると、昭和の交番と老警官が恋しくなる。

「話を戻しますけど、先輩方は記者にリークしてなにをさせようって言うんです？」

平野が訊ね、浅川は上目遣いにニヤリと笑った。

「『匣』はな、隠すのが仕事で、それに自信を持ってんだ。もともとは、売る方も買う方も『公にできないものを扱っている』とわかっていたから続いてきたが、過去には何度か摘発も受けているんだよ。そういうのは大抵が、商売を広げすぎて安い輩(やから)を雇った結果、認識の薄い者が欲張って素人にブツを『調達』させようとして尻尾を摑まれたってぇケースだな。同じ生業(なりわい)の連中は、どっかが挙がればどっかが引っ込み、生き延びていてもおかしかねえ。『匣』系の組織は世界中にあるが、本物のノウハウを持つのは多くて数人、一人だけってケースもあるんだ」

「一人だけ……ですか」

と、恵平は訊(き)いた。浦野が答える。

「その方が確実だからね。多く受ければ仕事が増えてリスクも上がる。痛し痒(かゆ)しだ。土地が広い海外などでは荒れ地を購入して捨て場にしたり、偽装農場にしていたケースもあるが、摘発を受ければ土地を掘り返されてしまうからね。すると証拠がわんさか出てくる。その点、『匣』は完全抹消を請け負っていて、緊急性がある場合でも摘発を見越して判別不能にするなど巧妙だ」

「技術がいらねえ分は下っ端にやらせてやがるんだ。万が一逮捕されても困らねえように、ボスの顔なんざ知らせねえのさ」

「そうした者が捜査の噂を聞けばどうなると思うね？　下っ端はともかく、ボスは少なからず動揺すると思うがね。犯行にはアリの穴ほどの隙間もないと自信を持っていればこそ」

「無理やり記事を書かせるってことでしょうか？」

「おいおい、人聞きの悪いことを言うんじゃねえよ」

恵平の言葉に浅川は笑った。

「奴らは書くのが仕事だぞ？　書くためには取材するしな」

「むしろそっちが目的なんすね？　ウロチョロさせて危機感を抱かせるのが」

平野はジロリと浅川を睨んだ。

「そういうことだね」

「記者が餌に食いつけば身辺を嗅ぎ回るだろ？　そうでなくとも、ここに来て怪しい事件が頻発し始めたのは、連中に何かが起きてるからかもしれねえ。強者にも滅びの時はやって来る。綻びが見えた今がチャンスで、連中もついに潮時なんだよ」

「私たちが介錯してやらんとな」

と、浦野も言った。

「なにが起こっているんでしょうか」

問いかけたとき、ペイさんの言葉が脳裏に響いた。

――そういうことを考えると、『匣』はねえ、今もあってもおかしくないと思うよねえ。それにこういう時代だからさ、潜って仕事なんかしてないんじゃないかと思うよね？　大きな会社になっちゃって、立派な事業をしているのかもしれないよ――

恵平は「はい」と挙手した。

「小学生か」

と平野はツッコみ、「話せよ」と言う。恵平はテーブルに身を乗り出した。

「ホームレス事件のゴミ処理場は、民間経営だったんですっけ？」

「いや。公共施設だ」

平野の答えに恵平は、

「……そうか」

と、椅子の背もたれに体を預けた。

「クリーンセンターは区営だが、月島署界隈には民間の廃棄物やリサイクル施設がけっこうあるぞ。それがどうした？」

恵平は再び顔を上げ、小声で言った。

「もしかしたらこの時代、『匣』は専門の処理業者になっているのかもって思ったんです。業者ならパッカー車やトラックやゴミ処理用の機器を自由に使うことができるので、もしかしたらホームレスの事件も自社の施設を用いたんじゃないのかと……でも、公共施設じゃ無理ですね」

平野たちは互いに顔を見合わせた。

「……いや、あながちそうとも言えないのではないかな」

考えながら浦野が呟く。浅川も考え込んだ。

『匣』が処理業を展開……か。突飛な発想とも言い切れんな。むしろ、目を逸らすために公共施設を使った可能性もあるってことか？」

「一挙両得ってことっすか。確かに、そういうことはありそうだ」

浦野も言った。

「ゴミ処理施設や関連業者は高度経済成長期に一気に整備されてるからねえ。抹消を得意とする『匣』の転身には最適だったと言えるのかもな……影のビジネスから公共のビジネスへ……ゾッとする話だが、荒唐無稽な発想ではない」

恵平はさらに訊く。

「骨片が出たマイクロバイオームの施設はどうなんでしょう」

浦野は自分の手帳を出すと、ページをめくって確認した。

「あの施設の経営母体は『廃棄物衛生研究所』だね。株式会社で、前身は『大福(だいふく)商会』というらしい。調べればなにか出るかもしれないな」

平野も素早くスマホを出して『廃棄物衛生研究所』を検索した。

「ホームページが見つかりました。ゴミ処理分野のエキスパートで……各種機械の設計と開発、汚水や汚泥の処理、バイオ燃料等、多岐にわたる事業を展開する民間企業……会社沿革に大福商会の名前が出てるな。創業は昭和三十八年で、現在の社長は川上敬一郎(かわかみけいいちろう)。関連企業は数社程度だが、マイクロバイオームの研究所も含まれている。都内のクリーン工場に技術者や研究者を派遣して技術指導もしているようだ」

「そりゃ優良企業じゃねえか」

「社員数は？」

と、浦野が訊いた。

「書いてませんね。ただ、企業として都内の処理施設のほとんどで設計監修に携わっているようです」

「どこの処理施設も顔パスできるってことか」

浅川が低く唸った。

平野がテーブルに載せたスマホには、川上敬一郎なる人物の写真が載っている。五十歳前後だろうか、若々しくバイタリティに溢れた表情の紳士だ。『公害と向き合い生活環境保全に努めた時代を超えて、循環型社会の構築へ』と題した社訓が読める。

「普通にカッコいい社長さんですね」

恵平が言うと、

「へん。テメエの格好良さを知ってる男なんざ鼻持ちならねえ。気を付けろよ」

と、浅川は笑った。

「先ずはそこから洗ってみるか。平野、おめえが行ってこい。せっかく合同捜査本部が立ったんだ。さっきの記者が、帳場が立ったと記事にするから、記事が出るのを待って様子を探りに行くんだよ。そのときは誰か適当に見繕って、毒気のねえ若い野郎を連れてけよ？　もしも『匣』が絡んでいるならベテラン刑事は警戒される。なるべくチャラめに聞き込みをして、舐めさせてやれ。下らん刑事と思わせて知りたいことだけ訊いてこい」

「わかりました」

と答えた平野を、カッコいいなと恵平は思った。浅川はそれだけ言うとポケットに手を突っ込んで、クシャクシャになった札を引っ張り出した。

「払いますよ」

平野が言うと、

「先輩に恥かかせるんじゃねえよ」

浅川は店の厨房近くへ立っていき、皺を伸ばした一万円札で会計を済ませて戻ってきた。恵平と平野は立ち上がってそれを待ち、

「ごちそうさまでした」

と、頭を下げた。

「浦野にも礼を言っとけ」

浅川は笑いながら手を出して、浦野から三千円也を受け取っている。

老齢のバディは阿吽の呼吸も眩しくて、自分たちもいつかこんなふうになりたいと恵平は思った。

第四章　廃棄物衛生研究所

東京駅おもて交番の昼休み。まかないのカレーライスを食べながら、恵平はう交番専用の捜査手帳に問題点をメモ書きしてみた。

・柏村さんが残した毛髪と爪のDNA：謎の男性
A型　柏村さんの当時三十歳前後　神経質　高橋祐介の連続猟奇殺人に関与？
マイクロバイオーム施設のコントローラーを操作した

・明野のジジイさん：
B型　漢民族系の特徴を持つ遺伝子　柏村さんの当時七十代くらい
マイクロバイオームの骨片とDNAが一致
※令和に来ていた？　令和で死亡？

自分で書いたメモを見直す。

「謎の男性は、毛髪と爪は三十歳前後でも外国人女性失踪事件当時は老紳士だったと証言があったのよね……んーっ」

「うーん……あれ？」

昭和から令和に来たのが二人なら、どうして片方だけが歳を取ったのだろう。

柏村の頃に消えているのは部下の刑事と明野のジジイだ。ジジイは死んで、刑事のその後はわからない。永田刑事は下宿にA型の血痕を残して失踪。彼が明野のジジイと同様に偽装殺人で行方をくらまし、二十一世紀に来たのなら、こちらで見つかったDNAも三十歳前後の男性のものでなければおかしい。永田刑事が明野のジジイに殺害されたと仮定すると、殺人の痕跡を隠蔽しなかったのは不自然だ。

恵平はスプーンを噛む。

永田刑事は明野のジジイにつきまとわれていた。なにかの切っ掛けで明野が本名でないことを知り、殺されたのかと思っていたけど、そうではなくて……。

恵平は首を傾げた。何かがおかしい。

……そうではなくて、別の理由でつきまとわれていたとは考えられないか。下宿に残された血液が本人のものか、昭和では判別不能だった。私は柏村さんに、二十一世紀の鑑定技術を用いれば、血液、毛髪、唾液、体液、汗や爪からでも個人を特定できると話した。柏村さんの遺品の中に毛髪と爪が残されていたとも伝えた。

もしかしたら柏村さんは、あの後で毛髪と爪を採取したのだろうか。私たちが話をしたから。私たちが二十一世紀の技術を駆使してそれを調べると知ったから。

恵平は捜査手帳をめくり直した。

――怪物を生んだのは自分かもしれない――

柏村の謎の言葉がメモしてある。怪物とは誰かと訊ねたら、柏村は『憶測でモノは言わんよ』と答えた。調べてからだと。そうなると柏村は、問いの答えとして『怪物の毛髪と爪』を残したのではなかろうか。

そう考えたら鳥肌が立った。昭和から現代に至るまで犯罪を続ける怪物が、柏村の知人だったということだから。

柏村さんが怪物を生む？　何がどうなったらそんな事態になり得るのだろう。

恵平は脳裏で記憶を再現してみた。柏村さんには救いたい人がいる。そうメリーさんが言っていた。それは行方不明の息子和則さんのことだと思っていたけど、もしかしてそれは……柏村さんが救いたかったのは、

「……怪物……？」

自分が生んでしまったから、怪物のままでは終わらせないと、柏村さんは考えたのか。だとすれば辻褄が合う。毛髪と爪は怪物のもので、怪物は現代に生きていて、昭和で死んだ柏村さんには救うことができないから、現代の警察官が過去へ呼ばれた。あの時代もこの時代もずっと見てきた東京駅舎の力を借りて、遺構の一部を昭和とつなぎ、現代の警察官を過去へ呼び、決着しようとしたのかも。

心臓の鼓動が速くなる。

――たしかに本官には執念がある。命を賭しても明るみに出したい事件がある――

それは柏村にとって執念の事件。義理の息子を消した組織の摘発。

「……そうか……そういうことだったのね」

すべてがスルリと腑に落ちた。恵平は無意識にテーブルを打ち、空のお皿がカチャンと跳ねた。スプーンを口に咥えて興奮していると、山川が食事の交替にやってきた。恵平には珍しく食べ終えた食器がまだテーブルにあるのを見て、心配そうな顔をする。

「どうした？　具合でも悪いの？」

「あ、すみません。すぐ片付けます」

恵平は慌てて席を立ち、食器を片付けて洗い場へ運んだ。ポケットにねじ込んだ手帳が落ちて山川が拾い、返してくれながらこう訊いた。

「うら交番の謎はまだ解けないんだね」

それで山川も自分たちのことを心配してくれているのだと恵平は知った。

「あまり気にすることないと思うよ。都市伝説なんていうのはさ、面白おかしく尾ヒレがついちゃうもんだしさ、死んだ人の話だけが伝わって、うら交番へ行っても生きてる人のほうがずっと多いのかもしれないし……」

恵平は得たばかりの閃きを誰かと共有したかったけど、怪物について知っているのは山川じゃない。彼は言葉を切ってから、

「あまり慰めにならないか」

と、自分を笑った。

「そんなことありません。私、地下道が壊されちゃうまでになんとかしたいと思っているし、それで、たぶん、もしかして……ターンボックスの摘発が鍵かもなあって、いま考えていたところです」

スポンジを泡立てて食器を洗い始めると、山川は自分のカレーを山盛りにして、真っ赤になるほど福神漬けを載せながら、

「そういえば合同捜査本部が立ったんだもんね」

と、微笑んだ。

「ネットニュースを見たら載ってたよ。【暗躍する闇の組織にメス・月島署に合同捜査本部】っていう、凄そうなタイトルだった」

「本当ですか？」

「読んでみたけど中身はたいしたことなかったよ。ネットニュースってそうだよね。情報を小出しにして、アクセス数を稼ぐのかな」

自分の食事をテーブルに載せると、山川はスマホを開いて読ませてくれた。職務中にスマホは見られないが休憩時間にチェックはできる。聞いたとおりのタイトルがモニターに躍っているのを見ると、いよいよなんだ、と恵平は思った。チャンスは自分で引き寄せる。警察官人生を懸けて『匣』を追い詰めようという浦野や浅川の心意気に触れた今、公務員である前に刑事でいようとする人たちが、恵平には逞しく思えてくるのだった。

同じ頃。平野はネットニュースに情報が出るのを待って『廃棄物衛生研究所』の本社ビルを訪れていた。

そのビルは日本橋にあり、最上階のワンフロア以外はすべて他社の事務所や商業施設に貸し出されていた。平野は浅川の指示に従って久松署の水品刑事を相棒に選んだ。水品とは何度かの合同捜査を経て気心の知れる仲になっていたからだ。

「錚々たる企業ビルが建ち並ぶ一等地ですよねえ。ここは文字通り生活環境保全を担う最先端の会社だし……それが『匣』の本拠地なんて……もしも堀北さんの推理が当たっているなら、一大スキャンダルなんてもんじゃないですよ」

青空にそそり立つガラス張りの建物を見上げて水品が言う。実際に一大スキャンダルだったとしても、行政がそれを公にするかどうかは別の話だ。なんでも明るみに出せばいいってものじゃない。警察組織の責務は公共の安全と秩序の維持で、市民生活に寄与する会社をつぶすことじゃない。

高層ビルの壁面に向かいのビルが映り込み、上部の窓には太陽光が白く輝いている。たかがワンフロアと言ってはみても、敷地面積一杯に事務方が集まっているとするならば、やはり相当に利益を出している会社のようだ。戦後のゴミ処理業者から一大企業へ。そのあたりのノウハウは、公務員には想像もつかない。

「それで？　なにを聞き込みますか？」

訊ねた水品を、平野は上から下まで眺めた。スーツは動きやすい汎用品、シャツとネクタイは水品らしくお洒落な色だが、決して高価な品ではない。それは平野も同じこと。二人とも細身で背が高いから見栄えがするというだけで、熟練刑事のネチっこい雰囲気も、隠しきれない疑い深さも、まだ表には出ていない。

「舐められてこいとさ」

答えると、水品は「へ？」と眉根を寄せた。

「聞き込みというか、ジャブだなジャブ。しかも徒労に終わる確率大で、なにか拾えればめっけもんってところだ……あのさ。この会社の研究施設から、前に人骨の欠片が出てるよな」

「じゃ、例のホームレス殺人との関連を疑ってるんですね」

「関係してるのは確かだが、会社ぐるみかどうかは不明だ。ただ、ここの関係者が施設を使って人体を処理したことは間違いないと思うんだ。簡単に忍び込める施設じゃないし、なにをする装置か知っていなけりゃ使えないからな」

「つまり……こういうことですか？　微生物を用いて有機物を処理する装置を私的に使って、関係者が裏の仕事をしている可能性はないか。秘密裏にそれを請け負い、実行している人物が会社にいないか。このあたりを調べるっていうわけですね」

「研究自体が問題なわけじゃないからな……俺たちが知りたいのは犯人と動機と真実

だが、それを前面に押し出すのもマズいんだ」

「そうなんですね」

「うむ」

水品の肩に腕を回し、ぐいっと引き寄せて平野は囁く。

「企業と『匣』の結びつきを勘ぐっていることは知られたくない。証拠を隠滅されると困るからな。今日のはあくまでも揺さぶりで、『仕事のできない指示待ち刑事が上司に言われて話を聞きに来た』という程度にしておきたいんだよ。警察手帳は見せてもいいが、捜査をしている気配は殺せ。鋭い突っ込みも質問もナシだ。バカになれ。今日のところは……」

そして「できるか？」と、水品に問うた。水品は薄く笑った。

「むしろ脱力しますよね。日頃は舐められないよう一生懸命なんですから」

「だよな、俺もだ」

平野は言って、溜息を吐いた。そしてズボンのベルトを少し上げ、水品と視線を交わして、目当てのビルへ入っていった。

商業施設のフロアを通り抜け、エレベーターホールへと向かう。『株式会社廃棄物衛生研究所』があるのは最上階だ。エレベーターを呼んで二十七階のボタンを押した。

上階に着いてドアが開くと、すっきりしたフロアの正面に受付ブースが置かれていた。地味な制服を着た女性が一人、カウンターの奥に立っている。背後にパーティションが切ってあり、頭上に会社のロゴと社名があった。パーティションの奥は扉のないオフィスで、百五十坪程度のフロアで社員が仕事をしている。オフィスの両側は仕切り壁で切られた廊下で、それより奥は見通せない。

平野は受付に近づくと警察手帳を出して見せ、すぐにしまった。

水品の動作を確認してから、平野は言った。

「丸の内西署の平野です」

「久松署の水品です」

「……いらっしゃいませ」

受付の女性は四十代くらいで、愛嬌のある丸顔におかっぱ頭だ。初めて警察手帳を見たのか、不安そうな表情になって訊く。

「弊社になにか……ご用でしょうか？」

後ろめたいことがある顔ではなく、純粋に疑問を感じているようだ。平野はニコリと白い歯を見せた。

「ゴミ処理について知りたいことがありまして、都内の処理施設やクリーンセンターにノウハウを提供しておられるこちらの会社にあらましを教えて頂けないだろうかと伺いました」

「たとえばどんなことでしょう」

「処理の仕方やリサイクルの方法や……あとは、そうだな……」

水品が適当なことを言う。受付の女性はホッとしたように微笑んだ。

「そういうことでしたら、弊社の業務内容を展示しているブースがございます」

「そうなんですか」と、平野が言い、

「そりゃすごい」と、水品がニコニコ笑った。

女性は受付カウンターを出て来ると、両側にある廊下のうちの片方に手を向けて、

「よろしければご案内しましょうか？」

親切にもそう訊いた。

「それはありがたい」と、平野は微笑み、

「よかったですね」と、水品も合わせる。

彼女は電話で代わりの受付を呼び、平野らを案内して廊下を進んだ。

廊下の壁にはパネルが展示してあって、主に事業者に向けたものらしく、経営理念から始まっていた。続いて高度経済成長期以前の市井の暮らしや、ゴミ回収を生業としていた者の白黒写真、河川に投棄された大量のゴミ、燃やされて黒い煙を出しているゴミの山など、かつての東京の風景が切り取られていた。

昭和のことは地下道とうら交番しか知らない平野にとって、パネルの展示は柏村や明野のジジィが生きた時代を立体的に想像させるものだった。

「これ全部東京ですか」

と、水品が訊く。彼が見ているパネルには、手車に積まれた大量のゴミがどこかの施設に運び込まれる様子や、ゴミの山を船で運搬する写真が掲載されていた。

「はい。こちらは東京湾の夢の島へゴミを運んでいくところです。当時は処理することなく、また、土で覆ったりすることもなく、そのまま運んで捨てていたので、ガスやハエの発生、悪臭や自然発火など、住環境に多大な悪影響を与えていました」

こんな有様ではゴミの中に死体があっても見つからなかっただろうなと、平野は別の角度で写真を見ていた。

「この、工場のようなものは御社ですか？　当時から公共の施設として運用を？」

白黒写真を指して平野が訊くと、彼女は小首を傾げて微笑んだ。

「『清掃法』が制定されましたのが一九五四年で、この写真のような施設が各所に造られました。それまでは自宅や空き地でゴミを燃やしたり、河川などに不法投棄されたりすることも多かったようです。一九五八年になりますと、大型焼却施設を六基備えた第五清掃工場が都内に竣工いたしまして、水分の多い生ゴミの乾燥焼却や、ベルトコンベアによる分別処理などができるようになりました。けれども、まだ産業廃棄物の処理に関しては遅れていたのです。この頃は高度経済成長期を迎えてゴミの種類も変化して、家庭ゴミではなく工業ゴミといいますか、産業廃棄物が一気に増えてしまったんです。本格的に施設の機械化が進み始めたのは、一九六三年に『生活環境施設整備緊急措置法』が制定されてからですね。概ね五年でゴミ処理施設の機械化を急ピッチで進め、回収ルートも整備されて、悪臭や住環境の不衛生から徐々に解放されていきました」

流れるような説明に思わず聞き入る。そこにあるのは戦後社会を築き上げていく上でゴミ問題と真摯に取り組んだ企業の姿だ。平野は複雑な想いでそれを眺めた。

近代になるとゴミの分別は思わぬ方向へと枝葉を広げ、『処分する』から『活用』へ、そして『宝の山』へと変化していく。残骨灰からレアメタルや金を取り、遺灰から人造ダイヤを作る。悪臭やガスの発生、感染リスクさえ伴う生体ゴミの処分には、細菌、真菌、ウィルスなどの微生物を用いて分解処理する工法が模索され、それがマイクロバイオーム処理施設だということもわかった。

「すごいなあ」

水品の言葉は素直なもので、平野もそれに同感だった。――生で喰えば怪談になるが、臓器移植はどうだろう？　なんでも見方次第だよ――浦野の言葉を思い出す。人体を薬餌とし、それで稼いでいた連中は、どの時点で人への尊厳を忘れたのだろう。黒焼き死体で作った薬は残骨灰が生み出す金やダイヤとどう違うのか。たぶん……と、平野は心で思う。繰り返すことで慣れていくんだ。そして自分勝手な倫理を作る。もう使わない人体を活用してなにが悪いと。そうした心の変化は理解できなくもないと考えて、それこそが危険なのだと平野は溜息を吐く。

受付の女性が不思議そうな顔をした。

「ああ……いや……素直に物凄いなと……ゴミ処理の技術がこんなに進んでいるとは思ってもみませんでした」

「恐縮です」

と、彼女は微笑む。

「そういえば、ホームページを拝見したら、こちらの会社は前身が大福商会というそうですね。創業が昭和三十八年で、今の説明を聞いたら一九六三年に『生活環境施設整備緊急措置法』が施行されたとき法人にしたってことなんですね？」

「その通りです。それまでは、先ほどご覧になった施設のような小さい工場で処理をしていたと聞いております」

「社長さんはお若いですが、二代目なのかな」

独り言のように呟くと、彼女はますます微笑んで、

「世襲制ではないんです」と、教えてくれた。

「現在の社長は三代目になりますが、産廃機械の設計をする弊社関連企業の取締役からこちらへ移籍した者です」

「へえぇーっ。てっきり創業者一族なのかと思っていたけど、違うんですね。そのへんはフラットに人材を選ぶのか……カッコいいというか、いいですね」

水品がヘラリと言った。

「創業者の鵜野重三郎は、現在、グループの会長職に就いております」

「そういう偉い人の写真は展示しないんですか？」

と、平野が訊くと、

「普通は飾ってありますよねえ。歴代社長の写真とか」

水品も周囲を見回した。

廊下の先は広いフロアで、より専門的な業務内容を紹介するブースになっているのに、役員の写真はない。フロアには応接セットやカフェテーブルが置かれているので、商談もここでするのだろう。大きな窓から街が見下ろせ、空が迫ってくるようだ。

「せっかくですから、なにかお飲み物を召し上がりますか？」

壁の一面がセルフのカフェコーナーになっているので、彼女が訊いた。そして平野と水品の注文どおりに、ブラックコーヒーとカフェラテを運んできてくれた。カフェテーブルにカップを置くと、自分は近くに立って言う。

「鵜野は写真を撮られるのが嫌いで、ほとんど表に出ません。肖像画や彫像なども同様で、表ではなく陰から社会を支えることが信条だと、常々申しております」

「立派な心がけですねえ」

と、水品が言う。ブラックコーヒーを飲みながら、平野も大きく頷いた。

「……どっかの署長に聞かせてやりてえ」

敢えて砕けた言葉で呟くと、彼女は小さく笑った。

「この反対側が重役室ですが、今も一番に出社して、私たちが帰るときにも在室ライトが点いているんです。弊社が行政から絶大な信頼を得られた理由も、鵜野がいたからだと思います」

「大福商会の頃から事業に携わってことは、もうご高齢ではないですか？」

「八十代後半と思いますけど、元気にしております」

「大したもんだな――」

独り言のように平野は言った。

「――こちらのオフィスでは事務処理だけをやってるんですね」

「はい。操業は工場や施設がメインとなります」

「役員はみなさんこちらに？」

「そうですが、行政との打ち合わせや現場の監理などありまして、予め（あらかじ）お知らせ頂かないとスケジュールが合わない可能性がございます」

役員にアポイントメントを取る方法を暗に言う。

「もしも深いことを聞きたい場合はどなたに話を通せばいいですか？」

初めて手帳を取り出してメモする素振りで平野が訊く（き）と、彼女は少し考えてから、

「内容にもよりますが……研究施設の話であればそちらの施設長に、経営の話でしたら社長の川上に……総体で知識があるのはやはり鵜野だと思いますけど、ご相談頂けましたら適任者に話を通すことは可能です」

「会長さんはだいたいこちらにおられるんですか？」

「左様ですが……」

言葉を濁すので、平野は水品と視線を交わした。

「ああ、失礼しました。実はお加減が悪いとかだったんでしょうか」

水品が訊き、平野がさらに追い打ちをかける。

「大変な仕事ですもんね。専門知識も必要だろうし、それでも長く続けておられると、やはり弊害もあるのかな」

彼女は肯定とも否定とも取れる顔をした。

「環境が整って事故が減ってきたとはいえ、危険が伴う仕事ではあります。私たちは事務職ですからいいですが、現場で働く者に知識が必要なのはその通りです。可燃性ゴミの爆発事故や自然発火、感染や、一番多くて怖いのはやはりケガですね。そのあたりは廃棄する側のモラルも必要だと思います。会長も……」

と言葉を切って平野を見つめ、

「後遺症に悩んでいるのは事実です。いつも手袋をしておりますけど、それはファッションのためではなくて、病気だからなんですよ。専門的なことはわかりませんけど、若い頃から現場で苦労しましたので、体内に蓄積された薬剤や害毒などが原因で、手指の皮膚が剝落してしまうんです」

「皮膚が剝落？」

その瞬間、平野は不用意にも刑事の表情になった。

「そんな病気があるんですねえ」

水品がフォローしてくれなかったら、そのまま考え込んでいたかもしれない。

「それはお気の毒。手は毎日使うものだから、辛いだろうなあ」

平野が言うと、彼女は痛ましそうな顔をして、

「そう思います。筋肉が痙攣を起こしたり……会長は精力的な方ですが、先の冬にも入院したばかりで、私どもも心配しているんです」

素の言葉をポロリとこぼす。

なるほど、この会社はその人物が一代で築き上げたようなものなのだなと平野は思った。巨大企業の前身が個人商店だったりするのは珍しくない。そして個人経営の会社であれば、創業者の力が絶大だった時代もあるだろう。柏村が残した毛髪と爪のＤＮＡは外国人女性失踪事件の現場でも見つかっている。ＤＮＡを残した人物は殺人犯高橋祐介と一緒に岡山のスナックに現れ、接待スタッフが初見の客に手渡す名刺に皮膚片を残した。二人が一緒だった理由を、平野は商談のためと考えている。高橋祐介

は父親からターンボックスを紹介されてその人物と会い、趣味の殺人を処理する契約を結んだのだと。名刺になぜ皮膚片が残されていたのか疑問だったが、皮膚が剝落する病と聞けば納得できる。

表情に鋭さが出ないようにコーヒーを飲みながら、平野は『落ち着け』と自分に言った。会長の鵜野は八十代後半。柏村の時代に三十歳前後だとして齟齬はない。

水品は平野の変化に気付いて立ち上がり、

「ゴミ処理事業については不勉強で、こんなに色々な処理施設や方法があるとは知りませんでした。いやあ……勉強になっちゃったなあ……ありがとうございます」

と、彼女を平野から遠ざけた。チラリと振り返るので、平野も撤収の合図を出した。

「いえ。簡単な説明しかできずに恐れ入ります」

「そんなことないですよ。本当にありがとうございました」

「突然お邪魔したにも拘わらず、丁寧に対応して頂き感謝しています。ご迷惑でなければ御社のパンフレットなど頂戴できませんか」

平野が訊くと、彼女は満面に笑みを浮かべて、

「もちろんです。ご用意させて頂きますのでお待ち下さい」

そう言って受付のほうへ戻って行った。

広いフロアに水品と二人だけになると、平野は感心した体で天井あたりを見渡した。やはり監視カメラがついている。さりげなく視線を向けると水品も気付いたようで、

「すごいですねえ……ゴミ処理事業って時代の最先端なんですね」

などと言う。監視されている前提で話を進めた。

「俺も認識を改めた。目からウロコが何枚も落ちたな」

平野は飲み終えたカップを回収すると、カフェコーナーのシンクで洗って、スケルトンのゴミ箱に入れた。ゴミ箱内部で風の音がして、乾燥後のカップが圧縮される様子が見える。そのまま捨てても洗浄、乾燥、圧縮できる商品のようだ。

「うわ、マジでスゲーな。ゴミ箱に未来を見たわ」

本気で感心していると、さっきの女性がパンフレットを手提げ袋に入れて戻ってきた。すぐ後ろに老齢の紳士も立っている。平野と水品が振り向くと、

「刑事さん。こちらが弊社の会長、鵜野重三郎です」

彼女が紹介してくれた。

捜査本部が立ったとニュースに出たとたん、刑事が会社を訪ねて来たら無関心ではいられないということか。それはつまり、常にアンテナを張り巡らせている証拠でもある。監視カメラで見ているだけでは物足りなかったか、もしくは相当に自信があっ

て、お相手してやろうと思ったのだろうか。

鵜野重三郎は白髪をオールバックに整えて口髭をはやし、杖を手にした背の高い老人だった。ベストに高価そうな縦縞のスーツを重ね、えんじ色の細いネクタイを結んでいる。たしかに手袋をしているが、顔の皮膚など見えているところに剝落はない。長年続けた死体処理の副反応が手指にのみ強く出たのではと考えつつも、平野は一切を顔に出さず、恐縮した振りで頭を下げた。そうしておいてさらに考える。鵜野会長のDNAを手に入れたいと。

「アポも取らずにすみません。自分は久松署の水品です」

水品がサッと警察手帳を提示した。

「丸の内西署の平野です」

平野は胸ポケットに手を入れて、滅多に出すことのない自分の名刺を抜き出した。鵜野に近づいてそれを渡すと、鵜野は手袋をしたまま名刺を受けた。名刺交換を期待したのに、相手は柔和な笑みを見せ、

「ご覧の通り隠居の身でして、お名刺のみ頂戴することを許してください」

と、値踏みするような目を平野に向けた。眼光を読まれないよう平野も両目をパチクリさせて、「いえ、とんでもない」と、白々しく微笑んだ。

「それではこちらをお持ち下さい」

受付の女性がパンフレットほか冊子状になった会社案内を水品に渡すと、

「もういいよ」

と、会長は彼女を下がらせた。女性が業務に戻るのを待ってから、鵜野会長は、

「なにかお役に立てましたかな」

と、平野に訊いた。

品のいい紳士の振りをしながら凄まじい威圧感を与えてくる。無言の圧力とでも言えばいいのか、気の小さい輩であれば小便を漏らすんじゃないかと平野は思った。矜持と矜持がぶつかり合って火花を散らす。浅川からは舐めさせてやれと言われたが、火花を散らしてしまった時点で、もはやそれもできなくなった。そもそも受付の女性程度ならいいが、こいつに小細工は通用しないと平野は悟り、それでも敢えて惚けて見せる。

「いや、お役になんてものじゃなく、驚きましたよ。あのゴミ箱、すごいですね」

「ぼくもビックリしました。こういう時代になっていくんだなあって」

水品はいつも飄々としているが、天然なのか、フリなのか、いっそ大したものだと思う。鵜野はにこやかに微笑んで、

「捜査でお越しになったのでしたな」

と、言った。

「さしずめ清掃工場から遺体が出た事件でしょうか。刑事さんも大変ですなあ。私もニュースで見ましたが、痛ましいことで」

杖をつきながら窓辺に寄って、下を眺める。

さっきまでの青空にいわし雲が広がって、所々が銀色に光って見えた。高価なスーツに身を包んだ鵜野重三郎という人物は、当たりが柔らかくて穏やかだ。歩くリズムを摑(つか)むために杖を突き、体を左右に傾けながら移動する。やや猫背に首をすくめる癖があり、常に笑っているかのように目を細めているものの、なんだろう、見えない触手が全身を覆っているような不気味さがある。外国人女性失踪事件で高橋祐介と一緒にいた老紳士は異様に神経質な男だったという証言があるが、それは指紋を残さぬためで、頑(かたく)なに存在を隠していたせいとも言える。二人がスナックに行ったのは死体処理を請け負う契約のためで間違いないと、鵜野を見た瞬間に平野は思った。『匣』の黒幕は不明だが、おぞましい犯罪を長く続けるためには徹底した秘密主義を貫く傍ら、顧客にも鈴を着ける必要があり、ファーストコンタクトでは黒幕が自ら出向いた可能性もある。

鵜野重三郎、こいつが老紳士で、黒幕なのか。

平野は鵜野の様子を窺いながら頭をフル回転させていた。

浅川の聴取の仕方を思い出せ。質問の答えひとつを得るために九の四方山話を用意しろ。けれどもそれは相手次第だ。

「その事件のことで伺いました」

平野が素直に答えたので、水品は怪訝に思ったことだろう。バカになれと言ったのだから。けれども水品は表情を変えることなく平野の隣に立っていた。

「事件自体は解決しました。実行犯も捕まりましたし……ただ、集積プールでご遺体を捜した身としては……」

「ほーう……集積プールで……それはそれはご苦労なことで――」

おもむろに鵜野が振り向いた。口髭から覗いた口元に、平野は微かな嫌悪感を抱く。

『ご苦労』と彼が発した一言に、集積プールに満ちたゴミと悪臭、ぬらつく汁や腐敗物にまみれて作業する者への嘲りが透けて見えた気がしたからだ。

「警察の方々も大変ですなあ」

こいつはそれを喜んでいるのか？　警察官がゴミにまみれて遺体を捜す行為を愉快と捉えているのだろうか。なぜそう感じたのかわからぬままに平野は確信を持った。

こいつは命に向き合う者の真摯さを嗤う。なぜだ。

「ええまったく――」

だから平野は努めて平易に頷いた。迂闊な刑事のフリをして、あの時感じた負の感情をぶつけてみる。

「――想像もしないものが出てきますしね、捨てるという行為のだらしなさや、いい加減さを厭というほど感じた現場でしたよ。人間不信になるかと思った」

「まあそうでしょう」

満足そうに鵜野は頷く。が、真意を読み取れるほどの表情の変化は見られなかった。

平野は続ける。

「それでもこちらの展示を拝見したら、この時代の警察官でよかったと心から思いましたよ。いや、大変な事業ですねえ。発展の陰には御社の功績があったのだと、改めて知りました。ゴミを捨てる時代はもはや過去になっていくんですね」

「循環型社会を最先端だと思っている人間は多いですが、実は回帰しているだけですよ。戦前は捨てるものなどなかったわけで」

「一番驚いたのはマイクロバイオームのお話です。正直言ってビックリでした」

水品が脇から言った。フロアには各研究機関の功績などが展示されているのだが、マイクロバイオーム関連のブースが結構な場所を取っていることからも、会社がもっとも力を入れている分野であると想像できた。

「『燃やす』『埋める』はもう古いんですね。これからは微生物処理の時代かー……」

水品はそう言いながらパネルの近くへ寄っていき、足を止めて平野に視線を送った。それは施設を開設したときの式典を写した写真パネルで、錚々たる顔ぶれが来客として並んでいる。鵜野は得意げな顔を向け、

「マイクロバイオームの研究はゴミ問題に限らず、間違いなく世界を変えることでしょう。分解事業への応用はまだ始まったばかりですが、腸内フローラなどという言葉を昨今は聞くようになりまして、大分認知度も上がってきました。今後は医療分野への活用も注目されていくことでしょうなあ。弊社としましては……」

鵜野は饒舌に語っている。その声を聞きながら平野は水品が示した写真を見た。

式典での一幕には正装でコントローラーのスイッチを押す鵜野が写っているのだが、手袋を脱いで、素手でスイッチに触れていた。おそらくそのスイッチはボタン式でなくタッチパネルで、素手でなくてはＯＮにならない。だから皮脂や皮膚片が残されたんだ。

平野は深部で血が滾る気がした。自社に刑事が来たことを知り、鵜野は様子を見ず

にはいられなかった。もしくは、自社に疑いの目が向くなど端から考えていないのに、本来の邪悪さから刑事をからかいに来た。柏村が残した毛髪と爪のDNAについては捜査本部もまだ知らない。当然ながら本庁の捜査データにも記載はない。ターンボックスと『匣』の関係は捜査が始まったばかりだし、そもそも死体抹消ビジネスなんてものがこの世に存在すると思った者も少ないはずだ。平野でさえ、うら交番で柏村に会っていなかったなら、『匣』の存在など知らずにいたのだ。

目の前にいる男はどうだ？　紳士は仮面を外そうとしないが、その下からはいいようのない臭気が吹き出している。それは明野のジジィと呼ばれた男が纏っていたのと同じ臭いではないのだろうか。柏村はそれを屍臭と呼んだが、実際に臭いわけではなく、隠しようのない卑しさが、鵜野重三郎という男から漂ってくるのだ。おそらくそれは人の尊厳を忘れた者が発する臭いだ。

どうする？　一旦引いて様子を見るべきか。

平野は不意に柏村を思い出した。息子が消された真相を追い求めていた老警察官の、日に焼けて精悍な顔と深い眼差し。彼は思いを晴らすことなく殉死した。明日のことはわからない。チャンスは今しかないかもしれない。

やりたまえ。

そう言って、頭の中で柏村が、ドンと平野の背中を衝いた。

「わずか半世紀前のことなんですね」

平野はぼんやりした調子で呟いた。当然ながら鶏野に聞こえるように配慮した。

鶏野が視線を向けたので、苦笑しながら鶏野を見た。

「いえ。ほんの半世紀前までは、剝き出しのゴミが都内の至る所にあったんだなあと……俺たちは水俣病も公害も知らない世代ですが、展示物を見て、昭和という時代の近さに驚いたり」

「お若い方はそうかもしれないですな。私のような者にはさほど遠い過去でもないのですがね」

「自分の署は丸の内にありますが、都が耐震工事を進める関係で、老朽化した公共施設が次々に消えていますよね。少し前までは昭和の面影を残す場所もあったのに、たまに通ると跡形もなく消えていて、あれ？　と思う」

鶏野は黙って聞いている。平野は続けた。

「署の近くには、かろうじてまだ昭和の地下道が残っていますが、そこも間もなく取り壊しになるそうで」

「当時は、ですな……地下道も地下街も、アリの巣状に張り巡らせたまではよかったが、これほど気温が上がると思いもせずに、冷房施設を引こうにも、できないという話です。後付の引き込み線も限界で、まあ、取り壊しもやむなしでしょう」

「浅草の地下街なんかはまさにそうですね――」

と、水品が言う。

「――あそこなんかはすごいですよ。一瞬、昭和に迷い込んだかと思いますもん」

「昭和といえば」

と、平野は言って鵜野を見た。

「鵜野会長は、こういう話を信じるかどうか」

我ながらバカな話をするという風に笑いながら、平野は顔をやや左に傾けた。

「いえ、定年間近の同僚から聞いた話ですけど、うちの署の近くの地下道は、昭和につながっているそうですよ」

鵜野は目を細めたままで平野を見た。まったく関心はないけれど社交辞令で聞いてやろうという顔だ。

「それが、けっこう有名な話で、同僚はいつだったか、妙な爺さんが地下道を出てくるのを見たというんです。小さくて猫背でツイードの上下を着た爺さんで……」

当てずっぽうで柏村から聞いた明野のジジイの姿を話した。彼はツイードの上下を着たままミキサー車で死んだことになっているので、よもや同じ格好でこちらへ来たとも思えないのだが、ゼロから嘘を作り上げるのも難しい。しかし、それを聞いた鵜野の表情に微かな変化が表れたのを、平野は見逃さなかった。

「地下道から爺さんが出てくると変ですか？」

と、水品が訊く。平野は笑った。

「いやそれが、どうみても今の時代の服装じゃないっていうんだよ。その同僚は、自分も一度だけ同じ地下道を通って昭和の町へ行ったと主張しているから」

「ああ、その話なら知ってます。警視庁では有名ですよね」

「警視庁ＯＢの間で有名な都市伝説なんですよ」

平野は鵜野に説明してから、

「その爺さんも向こうから来たのに違いないって、直感が働いたそうなんです。で、職質してみた」

鵜野は無言のままだった。平野は言った。

「ここからが奇妙で、爺さんは明野正一と名乗り、自分はカストリ雑誌の記者だと言った。気味が悪いことに、カストリ雑誌というのは戦後の短期間だけ発行された娯楽雑誌のことらしいです」

「……え……オチはなんですか」

と水品が訊く。平野はあっさり話を終わらせた。

「オチなんかないよ。昭和の匂いのする場所が次々に消えていくけど、そういや、うちの署の近くにもそんな場所があったなという……いや、どうもお騒がせいたしました。自分らはこれで失礼します」

平野が深く頭を下げると、鵜野は手袋をはめた手を少し挙げ、卑しい笑いを見せた。

「いや、どうも、お疲れ様でした」

出口のほうへ顎を振り、水品を先に行かせたとき、鵜野は平野の名刺を見ながらこう言った。

「平野刑事。そんなに古い地下道が、丸の内西署の近くにありましたかな？」

平野は足を止めて振り返り、

「ありますね。目立たないので知っている人もほとんどいないと思いますけど、国際フォーラムから東京駅へ向かう途中にあって、工事で通行止めの看板が立って初めて地下道の存在を知るくらいの感じでしょうか。それでは」

後はもう振り返ることなく廊下を進み、受付フロアに出たときには、先ほどのおかっぱ頭の女性ではなく、別の女性が受付業務をしていた。平野はそこで足を止め、ツカツカと受付に近づいた。

「どうもお世話になりました」

礼儀正しく頭を下げると、若い受付係はニコリと笑った。

「いえ。お越し頂いてありがとうございました」

「ところで、ちょっとお伺いしますけど」

まだ微笑んだままの彼女に平野は訊ねる。

「鵜野会長が入院されていた病院はどこでしょう？　いえ、実は祖母が筋肉の痙攣を気に病んでいて、そちらの病院がよさそうだと聞いたので」

受付の女性は即座に答えた。

「それでしたら弊社の契約病院ですね。日本橋クリニックのことだと思います」

「いや、助かりました」

平野は深くお辞儀して、水品と一緒にエレベーターに乗り込んだ。

ドアが閉まったとたんに水品が言う。

「お祖母さんがご病気ですか」

「祖母さんはとっくに死んだ」

「え」

平野は操作パネルのほうへ顔を伏せ、

「どう思った？」

と、水品に訊いた。

「たぶん平野刑事と同じことを」

と、水品も答えた。エレベーター内の監視カメラをやり過ごし、外に出てから、平野は浅川に電話をかけた。

「平野です。例の会社を訪問したら、会長の鵜野重三郎が現れました。それで、調べて欲しいんですけど、彼は冬頃に日本橋クリニックという病院に入院していたらしいです」

「何を調べて欲しいんだ」

と、浅川が訊く。平野は早足で歩きながらこう言った。

「鵜野は手指の皮膚が剝落（はくらく）する病で手袋を外せないようです。けれど、会社に展示されている写真を見たら、マイクロバイオーム施設の竣工（しゅんこう）式で、コントローラーのスイッチを入れるときは手袋を外しているんです。スイッチに皮膚片が残ったのはそのせいじゃないかと」

「そいつを疑っているのかよ」

平野はチラリと水品を見て、

「はい」

と、答えた。浅川の声が聞こえていないのに、水品も頷いた。

「わかった。また連絡する」

浅川が通話を切ったとき、

「それで？　これからどうするんですか」

と、水品が訊いた。

「張り込もう――」

ビルを出ると広い道路で、向かいにも商業ビルが並んでいる。ショップやカフェが入った建物を見上げて平野は続けた。

「――鵜野会長の動向を探るんだ」

第五章　策略と理由

同じ日の夕方。恵平は丸の内西署の更衣室で平野の電話を受けた。貸与された拳銃を本署に返し、私服に着替えようとしているときだった。

「俺だ。平野だ」

と、平野は言った。

「はい」

「いま日本橋のカフェにいる。久松署の水品刑事と一緒だ」

「はい」

と、恵平はまた返事をした。平野の声は緊張していて、なにか重大なことが起きているのだと感じさせた。恵平も平野に伝えたいことがある。怪物が誰なのか、現代の警察官がなぜ昭和のうら交番へ呼ばれていたのか、考えを聞いて欲しかったので、ちょうどよかった。

「廃棄物衛生研究所のビルを見張っているんだ。浅川さんに言われたとおり、水品刑事と本社を訪ねて創業者の鵜野重三郎という人物に会ってみたんだが、なんというか刑事の五感にビシバシ来てさ」

「刑事の五感ですか？」

どういうことかわからなかったが、とりあえず話を聞いていた。

「俺は鵜野重三郎が毛髪と爪の持ち主だと思う」

「えっ」

変な声が出たので、恵平は更衣室を見回したが、ほかの女性警察官はもういなかった。家庭を持つ者が多いので、みな大急ぎで帰っていく。

「どうしてそう思うんですか」

「残念ながら確たる根拠はないが、強いて言うなら勘だ」

と、平野は言った。

「鑑識へ行ってみてくれないか。ピーチがまだいるはずだから、鵜野重三郎について調べたことをメールして欲しいと伝えてくれ。会社の資料をもらってきたが、載っているのは社長のことばっかりで、鵜野の生い立ちや経歴については一切触れてないんだよ」

「わかりました。それはいいけど、本社を張り込んでどうするつもりなんですか」

「鵜野が出てきたら跡をつける」

「どうしてですか」

「話しついでに鎌かけたんだよ。あの通路のことを話した。鵜野が『匣』のような気がしてさ、明野正一という人物が地下道を通ってこっちへ来たと話してみたんだ」

「どうしてそんな……その人、もう死んでいるじゃないですか」

「だからだよ。もしも鵜野が毛髪と爪の持ち主なら、明野の名前に反応するかと」

「どうでした？」

「反応したような気もするが、ハッキリしない」

と、平野は言った。

「そいつは見た目立派な紳士だが、とにかく不気味でつかみどころがなくってさ、冷たい風が吹いてくるんだ。柏村さんから聞いた明野のジジイのイメージそのもの」

「まさかその人が明野のジジイで、骨片が本物の鵜野だったとか」

「いや、鵜野は背が高いんだ。明野のジジイは小柄だろ？　だが、決定的に疑いを持った理由は、ヤツの手だ」

「手って、どういう意味ですか？」

「手袋をしているんだよ。手指の皮膚が剝落する病に罹っているそうだ。スナックの名刺に皮膚片がついた理由はそれじゃないかと思うんだ。もうひとつ、そんな病に罹るのは、処理用の薬品を使い続けた副作用かもしれないと思って、今、浅川さんが調べてる」

恵平は言葉を飲んだ。処理用の薬品……想起されるのはあまりにおぞましい光景だ。研究施設で行うのでなければ各所から顰蹙を買いそうな。

「先輩。私も今日、気が付いたことがあるんです」

「なんだ、言ってみ」

と、平野は訊いた。

「毛髪と爪のことですが。私たちがうら交番へ行って、遺品に毛髪と爪があったと話したことで、柏村さんがあれを採取したんじゃないかと思うんです」

「なるほど。それで？」

恵平は思わず声を潜めた。

「そのとき柏村さんが言いましたよね？　怪物を生んだのは自分かもしれないと」

「言ってたな」

「でも怪物の正体は口にしませんでした。それで……現代の警察官が過去に呼ばれる理由はそれだったんじゃないかって。怪物はまだ現代に生きて罪を犯し続けているとして、柏村さんにはどうすることもできないから私たちを過去へ呼ぶ。事件を解決するというよりも、柏村さんが怪物を救いたかったからじゃないかと」

「なんで怪物を救うんだよ」

「生んだ責任があるからです。それが柏村さんの執念で、本人はそれと知らずに強烈な想いを残した。それが遺構に染みついて警察官を過去へ呼ぶ。そう考えると、あの毛髪と爪は怪物のものだと思います」

平野が黙り込んだので、なにか考えているのだと恵平は思った。

「あ……そうか」

しばらくすると平野は呟き、

「ちくしょう……そうか」

と、また言った。

「怪物は柏村さんの知り合いで、柏村さんが気にかけていた相手ってことか……誰だと思う？」

「息子の和則さんか、行方不明の永田刑事だと思います」

「それだ」

平野は強い口調で応じた。

「毛髪と爪は三十歳前後のA型男性のものだから、柏村さんの息子とは考えにくいよな。柏村さんの息子は十代で行方不明になって、俺たちが会った時点でも消息不明のままだったんだから。だが、それが永田刑事なら状況に齟齬はない。永田刑事が怪物だとして、今は八十代後半から九十代。そいつが『匣』の黒幕なのかも」

恵平は息を呑む。確かにそうだ。うら交番で最後に柏村に会ったのは、彼が殉職するわずか前だった。その時点で息子の消息がわかっていたなら、柏村はそう言ったはず。一方部下の刑事が怪物ならば、柏村がその正体を口にしなかった理由もわかる。警察官が殺人に手を染めているなどと、想像で口にできるはずがないからだ。

刑事が『匣』……しかも、自分が育てた刑事が……柏村の気持ちを慮れば、その無念と執念が自分たちを呼んでも不思議はないとさえ思えた。柏村には心当たりがあるのだ。自分の何かが彼を怪物に変えてしまったと考えているのだ。だからこそ、

「柏村さんは……その人を救いたいんですね」

と、恵平は呟いた。平野も「うむ」と低く答えて先を続けた。

「ケッペーに頼みがあるんだが、例の地下道へ行って、どんな状態になっているのか見てきて欲しい。まだ通れるのか、もう無理なのか」

「わかりました。連絡します」

「メールで頼む。鵜野が動けば音声通話はできないから」

「はい」

恵平は通話を切った。そして素早く私服に着替えて鑑識の部屋へ飛んで行った。ノックをし、返答を待ってドアを開けると、桃田だけでなくベテラン鑑識官の伊藤までもが、まだ部屋に残っていた。二台のパソコンを前に作業をしている。

「お疲れ様です」

恵平は言って室内に入り、チラリとモニターに目をやった。

伊藤は「来たな」と、ほくそ笑み、

「ピーチと手分けして廃棄物衛生研究所の鵜野重三郎について調べてんだよ。そのことで来たんだろ」

と、恵平に言った。

「そうですけど」

うら交番の秘密を解くため、伊藤まで協力してくれているのかと感動していると、

「通常捜査の域だからね」

モニターを見たまま、桃田がクールな調子で言った。あ、そうか、と恵平は自分を

笑う。ホームレス殺人事件と高橋祐介の連続猟奇殺人事件を切っ掛けに、『匣』は公の捜査対象となったのだ。

「昼間戸籍を調べたんだが、古いものは画像データで、一発検索ってわけにゃいかねえんだよ。個人情報保護法とかもあって苦労してんだ」

「手伝いますか？」

と、訊ねると、桃田が振り返ってニコリと笑った。

「大丈夫。ちょうどデータをまとめて平野に送るところだし」

「鵜野重三郎とはどういう人物なんですか」

恵平が訊くと、伊藤が答えた。

「戦後の戸籍ってのは、なかなかあてにならねえからな。特に地方から東京へ出てきた連中は住民票の移転とかしてねえ場合が多くてよ。ま、そういう時代だったってことなんだが。で、鵜野重三郎の本籍は熊本で、五木村ってところの生まれだが、集落自体はすでになく、出生当時の書類は所在が定かじゃないんだよ。東京へ出てきたのが何歳の頃か知らねえが、大福商会を起こした頃からは記録が残っているようだ」

「それより以前は？」

桃田が答える。

「昭和二十九年当時、鵜野重三郎の両親は新潟県岩船郡関川村の上ノ沢に住民票を移している。上ノ沢集落には金丸鉱山という鉱山があって、おそらくそこで働いていたんだと思う。その鉱山もすでに閉山しちゃったみたいだけど」

「じゃ、鵜野重三郎は実在の人物なんですね」

「どうゆうこと？」

桃田は眉をひそめた。

「明野正一同様に誰かの名前や戸籍を乗っ取って、鵜野重三郎という人になった可能性はないのかなって」

「誰だったと思っているの」

と、桃田は訊いた。今の恵平はその答えを持っている。

「柏村さんの部下だった永田刑事です」

「血痕だけ残して消えたっていう？」

「はい」

桃田と伊藤は顔を見合わせ、今度は伊藤が訊いてきた。

「なんだ。わかるように説明してくれや」

「まだ仮説の域を出ないんですけど、柏村さんが毛髪と爪を残した理由は、永田刑事の正体を告発するためじゃないかと思うんです。その人物こそが『匣』の黒幕じゃないかって」

桃田も伊藤も眉根を寄せる。恵平は続けた。

「それが永田刑事なら、マイクロバイオームの施設で明野のジジイさんが殺された動機につながるんじゃないでしょうか。だって彼は刑事時代から明野にしつこくつきまとわれていたわけだし、互いに面識があったので」

伊藤はますます目を眇め、

「明野のジジイ？　そりゃ誰だ？　永田刑事？　いったいだれ情報だよ？」

と恵平に訊いた。うら交番は都市伝説に過ぎないと思われているので、明野のジジイのDNAが骨片のものと一致したことは浦野しか知らないし、そもそも昭和に起きた永田刑事失踪事件を伊藤は知らない。桃田は中指でメガネのフレームを持ち上げると、伊藤の方へ椅子を回した。

「捜査本部には伝えてませんが、マイクロバイオーム施設で見つかった骨片は、昭和三十四年の九月にコンクリートミキサー車に放り込まれて殺害されたことになっているカストリ雑誌の記者とDNAが一致してるんですよ」

「そうか昭和三十……なに？」

と、伊藤は顔をしかめた。

「私と平野先輩がうら交番の柏村さんから被害者のDNAを預かって、それを鑑定してみたんです。正確にはミキサー車で死んだ人物の着衣と、雑誌記者が吸っていた煙草の唾液サンプルで、双方をDNA鑑定にかけた結果、ミキサー車で死んだのは別人で、本人は現代のマイクロバイオーム施設で骨片になっていたとわかったんです」

「ああ？　なんだってえ？」

小さい目玉をギョロギョロさせて、伊藤はしきりに頭を掻いた。

「昭和とこっちがつながっていた証拠と言えるよね」

桃田がまとめる。

「そいつがこっちで殺されたって言うのかよ。どうしてだ？」

「それがわかれば問題解決なんですが、これ、捜査本部に報告しますか？」

苦笑しながら桃田が訊くと、

「よせやい。誰がそれを信じるんだよ」

伊藤はさらに頭を掻いた。

「うら交番は、『匣』を検挙させるために私たちを過去へ呼ぶんです。たぶん、永田刑事が『匣』なんですよ」

「彼が鵜野重三郎だと平野は疑っているんだね」

「その人が正真正銘、戸籍上の鵜野重三郎だったなら、私たちの仮説は間違っている。でも違うなら、永田刑事かどうかを知りたい。どうやって調べたらいいんでしょうか」

「鵜野のDNAがあれば早いけど、今のところそれは無理だもんなあ」

「や、ちょっと待て。昭和の刑事かなにか知らねえが、偽者が堂々と企業のトップになってるって言うんならよ、本物のほうはどうなってんだ？　生きてるはずはねえよなあ？」

伊藤は首を捻り始めた。そして自分のパソコンを操作してこう言った。

「戸籍がダメなら証言できるのは家族だが、上手い具合に鵜野家は絶えてる。生まれた村は潰れているし、親兄弟は戦死して、ずっと地元で暮らしてるんならともかく、住処も変わって本人を知る者はいねえってわけか」

「たしかに……戸籍を乗っ取るには好都合とも言えるわけだね」

桃田は腕組みをしてメガネを持ち上げた。恵平は言う。

「平野先輩はあの地下道のことを鵜野重三郎に話したそうです。今は彼の動向を見張っているって」

「うーん……ただ動向を見張ってもなあ……」

桃田は首をひねり、伊藤も腕組みをして考え始めた。

「鑑取り捜査が進めば郷里の親族なんかと話ができるかもしれねえが、今んとこは鵜野重三郎を疑う根拠がねえからなあ。捜査会議に提案もできねえ」

そのときだった。突然部屋のドアが開き、浅川が飛び込んで来た。

「おう、やっぱここにいたかよ」

恵平を見て言った。

「お疲れ様です」

反射的に頭を下げると、浅川はズカズカと部屋に入ってきて、桃田や伊藤の近くに立った。そうしながら捜査手帳を出して指を舐め、

「平野に電話もらってな、鵜野重三郎のことを調べてきたよ。そうしたら、面白えことがわかったんだよ。今し方平野に電話で話したら、おめえらがここにいるから伝えて欲しいと平野がな」

ヨレヨレの頁を開いてこう言った。

「鵜野重三郎はA型で、年齢は八十七歳だ。で、手指の皮膚が剝落する病を患っている。冬頃に入院してたってんで、その病院へ行ってみたんだよ。そしたらな？」

浅川は上目遣いに恵平を見て、ニヤリと笑った。

「興味深いことが二つ出てきた。まず、入院していたのは昨年の暮れで、鵜野は低カルシウム血症を患っている。難しいことはわからねえが、後天性要因のひとつに腎毒性物質による疾患があって、いいか？　たとえばフッ化水素酸や水酸化ナトリウムなどに汚染された場合、薬物が使用者の骨に浸潤してこの病気を引き起こすことがあってんだな」

眉をひそめて桃田が話す。

「実際にそうした薬物で死体を溶かした事件があったよね。煮込んで下水に流したんだけど、鑑識が執念の捜査で下水を調べて、被害者のインプラントを見つけたんだ。死体なき殺人事件は立件されて、起訴された」

「……死体処理の後遺症」

ドクンと恵平の心臓が跳ねた。

「もうひとつ。ヤツが入院したのは持病だけの問題じゃなかったらしい。担当医に会って話を聞いたら、心臓がかなり参っているのと、そのときな……鵜野はケガしてたってんだよ」

「ケガってなんですか？」

恵平が訊くと、浅川は水戸黄門の印籠よろしく捜査手帳を三人に見せた。メモの間に歯形らしき絵が描いてある。乱ぐい歯というか、特徴的な歯並びだ。

「左腕にあった歯形だそうだ。化膿して危ねえ状態だったらしいや。医者が写真を撮っていたんで、ちょいとメモさせてもらった」

「どうして腕に歯形なんか……」

恵平が呟いたとき、桃田がハッと顔を上げ、

「マイクロバイオームの施設から骨が出たのはホームレス無差別殺人の半年前だ」

と、呟いた。恵平は桃田の言いたいことに気がついた。

「明野のジジイさんを襲ったときに、反撃された痕だと思うんですね？」

「そのジジイの歯形はねえのかよ」

伊藤が訊いたが、

「無理ですよ。なんでもこっちへ届いているわけじゃありません。それに、骨片以外は溶けて消えてしまったんだし」

残念そうに恵平は答えた。浅川が言う。

「俺も平野や浦野から、うら交番の話は聞いてるんだよ。素直に信じられるかと言えばNOだがな、刑事なんて商売をやってると、そんなのよりもっと荒唐無稽な事件に出くわすもんだし……まあ、そうは言っても、実際にDNAが出たとか知ると驚くん

だがよ」

「やっぱり鵜野重三郎が、自分の正体を知っている明野のジジイさんを殺害したってことなんでしょうか」

桃田は首を捻って言った。

「だけどさ、タイムスリップしたのが明野だけなら、永田刑事はどうして別人になる必要があったんだろう？」

「そこなんですよ。柏村さんは彼を怪物と呼びました。だから、たぶん、その人は、刑事だった時点ですでに明野と同じ仕事に手を染めていたのかもしれません」

そのときスマホがメールの着信を告げた。恵平は確認してから先輩たちに言った。

「平野先輩です。鵜野重三郎が動いたと」

先輩たちは頷いた。

「すみません。私、地下道を見に行かなくちゃ。あそこが今どうなっているか、まだ入れそうなのか見てきて欲しいって頼まれているんです」

「……鵜野が行くとでも考えているのかな？」

「そうなんでしょうか。それを確かめたくて張り込みを？」

「平野の野郎も血の気が多いからなあ」

と、浅川は首をすくめた。桃田は素早く席を立ち、制服を脱ぎながら言う。

「伊藤さん、ぼくも堀北と一緒に地下道を見に行きます」

「わかった。何かあったら連絡よこせよ？」

「それからな、くれぐれも危ねえ真似はするんじゃねえぞ。俺も捜査本部へ報告するが、そっちもすぐに連絡しろよ？」

「承知しました」

桃田が伊藤と浅川に頭を下げて、二人で鑑識の部屋を出た。

「着替えてすぐに追いかけるから、先に行ってて」

「わかりました」

恵平は桃田に答え、素早く署の裏口へ向かった。


日本橋に建てたビルの最上階からは、日暮れと同時に瞬き始める煌(きら)びやかな都会の明かりがよく見える。昭和の空は電柱と電線に彩られていたし、このように高所から見下ろす風景になじみもなかったが、大きなガラス窓からそれを眺めると、美しい街を踏みつけているようで気分がいい。

たまさか脳裏に浮かぶのは、歯がすり減ってしまった親父の下駄(げた)をつっかけて石蹴(いしけ)りをした土の道や、板で蓋(ふた)をしたドブや、板塀の上に枝を伸ばした近所の木々や、シャツ一枚で仕事に精を出していた親たちの姿だ。血のような夕焼け、群れ飛ぶトンボ、丸みのある電話ボックスにコンクリートブロックで造られた花壇、街と家とで明確に分けられていたファッションや、むせかえるような人々の熱気。それらは思い出の中でだけ、眼下の夜景よりも鮮やかな光を発している。もしもそれらが眼下にあったら、踏みつけようとは思うまい。不思議なものだと考えて、彼は笑った。

鵜野重三郎は窓から離れ、革張りの椅子とデスクを見た。

矜持(きょうじ)は常に心にあった。自分は特別の人間だという想いに疑いを持ったことはなかったし、そういう人生を送ってもきた。誰がこれを成し遂げられた？　自分以上の才能を持つ者を、ついに自分は見つけることができなかった。けれども自分は年老いた。そうした日々は終わるのだ。

デスクまわりには、様々な財団や各省庁はじめ自治体や企業などから贈られたトロフィーや感謝状がズラリと並ぶ。裏の仕事に関して言えば、公に礼を言えない者らの称賛はさらに多く、この比ではない。

「ふううーっ」

と、鵜野は杖を握った。筋肉の痙攣は間断なく襲ってくるようになり、両目を閉じて痛みに耐える。体が終わってきたことを強く感じる数秒間だ。

発作が過ぎるのを待ってデスクに寄ると、鵜野は引き出しを開けて辞任届の封書を取り出し、革張りの椅子の正面に置いた。正月にこの部屋でしたためた書簡だが、提出する覚悟が出来ずに持っていた。持ち株はすべて役員たちに譲ることとし、個人の資産は然るべきところへ寄付するように指示をした。担当弁護士の名前も書いた。鵜野は後ろを振り返り、もう一度眼下の夜景に目をやった。

「美しいが、それだけだ」

伸びてゆく生命よりも、枯れてゆく生命のほうが魅力的なこともある。激情が爆発した後の無常さと静けさにはいつも心を摑まれてきた。それゆえ殺人はなくならない。人は怒りを抱えると、それを怨みに転化して自分を守り、やがてはそれに囚われていく。囚われてしまうと、もういけない。自分を神に押し上げて、何をやっても許されるのだと信じ込む。自分もまた神だった、と鵜野は思った。あの瞬間までは。

ボタンスイッチを押して明かりを落とし、鵜野は会長室を出て行った。

長い廊下を進むとき、社長室に点るぼんやりとした明かりが見えた。社長は在室していないのに、会長に配慮して明かりを消さない。偽善者め。床を叩く杖と足音だけが廊下に響く。鵜野は今日来た刑事の四方山話が気になっていた。

――うちの署の近くの地下道は、昭和につながっているそうですよ――

何をバカな、と思って聞いていたのに、続く言葉に血の気が失せた。

――妙な爺さんが地下道を出てくるのを見たというんです。小さくて猫背でツイードの上下を着た爺さんで――

あの瞬間、自分はさぞかし間抜けな顔をしていただろう。ジジイの服装はよく覚えている。忘れることができない理由は、まったく同じ上下の服を、裸の酔っ払いに着せ替えた忌々しい記憶があるからだ。酔っ払いはまだ生きていた。明野のジジイが奢った安酒でへべれけになって、寝言のように礼を言い、やがて動けなくなっていた。服を着替えさせたあとは両腕を縛って担ぎ上げ、ミキサー車のホッパーに押し込んだ。顔面に生ぬるい血を浴びた記憶は何年経とうが忘れられない。

――爺さんは明野正一と名乗り、自分はカストリ雑誌の記者だと言った――

鵜野は足を止め、手袋をした手でこめかみを押した。

刑事の四方山話は、解くことのできなかった謎に答えを示した。そんなことがあるはずないのに、明野のジジイは確かに来たのだ。有楽町の五つ星ホテルに遠い昔と同じ姿で現れて、あのいやらしい笑みを見せたのだ。

深く息を吐いて、また歩き出す。社のエントランスから電話をかけて、オフィスを出る旨を守衛室に伝えた。エレベーターに乗り、一階のボタンを押した。

あの頃は老人に思っていたが、今では自分のほうが年寄りになった。明野のジジィがその時を待っていたと知ったときには、怒りに燃えて骨の髄まで灰になるかと恐れたほどだ。

――事業は成功しているようだねえ。永田くん――

ドン！　と、鵜野は杖で床を打つ。狡猾で執拗なジジィの魂胆と執念が、今も体にまつわりついているような気がした。

――ずいぶんと頑張って、おまえさんの会社は評判がいいねえ？　だけど体調が悪いそうじゃぁないか。まあそうだろう。あたしもさ、地面に死体を隠せる時代は、そう長く続かないだろうと思っていたから……こういう時代になったらさ、処理には苦労したことだろう。薬品かね？　あれはなかなか大変だよねえ。それにしてもたいしたもんだ。おまえさんは成功したわけだから、それと見込んだあたしには、先見の明があったってことだよ。ところで、こうも立派になったんだから、おまえさんがどういう素性の者かってことは、秘密にしておきたいことだろうねえ？――

ジジィは得々として魂胆を話したが、あいつがどこから湧いて出たのかわからずに、俺は何も考えられなかった。目の前にいるのがバケモノに見えたし、悪魔と契約したのではないかとさえ思った。

――ああ。驚くのも無理ないよ。こっちじゃ何十年も経ったんだろうし、おまえさんはあたしなんか、とっくに墓場の土になっていると思っていたことだろうから。だけど、そうはいかないんだよ。あたしはこうしてここにいる。そりゃ、少しばかり苦労しておまえさんを捜したけどね、立派になってこんなに嬉しいことはない。さぞかしたくさん稼いだろ？　そして体は終わっているね。いいんだよ、いいんだよ。あたしはさ、おまえさんに仕事を任せた分の、報酬を取りに来ただけだから――

六十年前の東京で、ジジイが囁いた悪夢の計略、悪魔の誘い。明野のジジイはあのときも、まったく同じ口調で言ったのだ。

――おまえさん、あたしの仕事を引き継ぐ気はないかね？――

今もあの瞬間を夢に見る。そして汗びっしょりになって目が覚める。

――ショバを譲るから金を寄こせとか、セコいことを言う気はないんだけども……この世界はいろいろと特殊でね、身代を譲られる者は先代を始末しなくちゃならない決まりだ。まあ、試験と思ってもらえばいいよ。だからねえ、あたしを殺って欲しいんだ、跡形もなく。ただし、あたしが死んだということはわかるようにしなくちゃいけない。それと、身代を継ぐ気があるのなら、自分も死ななきゃいけないよ。だって、こんな稼業の者がいるとなったら、身内に迷惑がかかるだろ？——

そうしてヤツは言ったのだ。心の底から蔑むように、歪で下卑た嗤いとともに。

——だって、あんたは後がないだろう？　刑事が警察官と子供まで殺しちまっただなんて、世間に知れたらコトだからねえ——

ちくしょう、初めからすべてがジジイの思うツボだったのだ。六十年前と同じ姿で俺の前に現れた訳を、魔法の道を使ったからだと言ってやがったが、まさか本当だったとは。けれどもそんな道があるのなら、俺が利用してもいいわけだ。

エレベーターが一階に着く。

鵜野は真っ直ぐビルを出て、東京駅のほうへ歩き始めた。

日本橋にあるビルの最上階でひとつの明かりが消えたとき、平野と水品はカフェの席を立ち、通りに出て手分けしてビルの前後に走り、鵜野の姿を確認した平野が素早く恵平にメールした。鵜野は社用車かタクシーで自宅へ戻るのかもしれないと思ったが、予想に反して徒歩で街を歩き始めた。水品と合流して後を追いながら、平野は鵜野が件の地下道へ向かってくれればいいと考えていた。鵜野が永田でないのなら、新米刑事の四方山話に興味を持つはずはない。けれども鵜野が永田なら、明野のジジイが現代に来られたカラクリを知りたいはずだ。そして地下道を見に行くだろう。

昭和から消えた二人のうち、一人は歳を取り、一人は歳を取らなかったなら、あの道を通ってこちらへ来たのは明野のジジイだ。永田は普通に時代を生きて、突如、明野のジジイと再会した。そしてジジイを手にかけた。

平野は、恵平や桃田とダミちゃんでした会話を思い出した。

――未来のここへタイムスリップしてきてさ、すんなり商売を続けられるかって問題があると思うんだよな……情報社会についてこられるとは思えない――

そのときケッペーはこう言った。

――……A型B型以外の人たちがビジネスを続けてきたんじゃないですか？――

――ならばよけいに、昭和からタイムスリップしてきた者が『匣』ビジネスに首を突っ込むのは難しくないか？……その間に隠蔽技術も進めば刑事警察の捜査技法も進化しているわけだから――

だがもしも、どちらか一人だけがタイムスリップを知っていて、それを相手に黙っていたら？　相手が普通に時代を生きて、現代に適応できたなら？

「そうか」

平野は思わず呟いた。

「どうしましたか？」

と、水品が訊く。彼はうら交番を噂程度にしか知らないが、平野は伝えずにいられなかった。

「そういうことだったんだ。一人は過去で『匣』を続けた。昭和、平成、令和と様々な時代を生き抜いて、『匣』を一大企業に育て上げた。一人はタイムスリップできると知っていて、でも相手には黙っていた。相手が成果を上げるのを待って、横取りする機会を窺っていたんだ。だからジジイは殺された」

「え？ なんだかよくわかりませんけど」

「説明はあとだ」

と、平野は言って、歩きながら恵平にメールした。

平野からメールが来たとき、恵平は桃田と一緒に地下道入口に着くところだった。

――鵜野重三郎が徒歩でそっちへ向かった――

「平野から？　なんだって？」

と、桃田が訊く。

「鵜野重三郎が徒歩でこちらへ向かっているようです」

「思ったより展開が早いね」

桃田は時計を確認し、

「日本橋からだと十五分程度というところかな」

と、先を急いだ。

その地下道入口は、ビルの隙間にゴミ集積所か公衆トイレといった佇まいでひっそりと立っていたのだが、改修工事が始まった今は、鉄管と養生ネットで全体を覆われてしまっていた。鉄管には看板が下げられて、『工事中のため立ち入り禁止』となっている。

時刻が午後九時を過ぎ、作業時間は終了したのか、それとも準備が整っただけで工事はまだ始まっていないのか、作業者は一人もいなかった。仮囲いは出入口部分が可動式になっていて、ネットをめくれば中へ入れる。桃田は左右を確認してから素早くネットの内部へ入った。無言のままで恵平も続く。

仮囲いの中はすぐに地下道入口だったが、階段上部に虎模様のガードフェンスが置かれていた。チカチカと明滅していた照明は消され、地下道ではなく地下墓地へ続く階段のように真っ暗だ。桃田は慎重に階段を下り、地下道を少し進んでからようやくスマホのライトを点けた。恵平も後ろに続く。天井や壁面から水が染み出し、所々が何かの成分で盛り上がってしまった地下道は、まだ壊されていなかった。ただし工事用機材や材料などが運び込まれて、様子はすっかり変わっていた。水が染みこまないよう角材の上に積まれた箱や鉄パイプ、夜間作業用のバルーン照明、シートに鉄管、鉄骨など、様々なものが通路を狭くしている。奥まった部分では補強のためのパネルが組まれて、壁面を覆い始めていた。耳をすませばどこかから工事の音が聞こえてくる。この場所には人がいないが、工事は進んでいるようだ。

「まだ壊されてなかったね」

と、桃田が言った。

「でも……もう……うら交番へは行けないんですね」

寂しそうに恵平は言う。

「本当に行けないのかな？　試してみようか？」

「やめてください」

ゾッとするほど心臓が跳ね、恵平は思わず桃田の腕に手をかけた。このうえ桃田まで死のジンクスを背負ったら、とても正気でいられない。

「工事の人が中へ入って色々やっていったのに、道がまだつながっているはずありません」

叱るように言ってから、平野にメールで状況を伝えた。

――地下道はまだあります　中へは入れますが　工事資材が置かれているし　明かりもないです――

――わかった　すぐ出ろ――

と、平野からも返事が来た。

「すぐに出ろって言ってます」

「思ったより早く着くのかな」

桃田は言って、恵平の手首を摑み、スマホの明かりを消して手探り足探りで階段を目指した。階段を上るとガードフェンス手前で様子を確認、先に上がって恵平を先に出し、自分もネットを潜ってから、通り向かいまで移動してビルの隙間に身を隠した。ビル壁に背中を預けると、太陽のぬくもりがまだ残っていた。恵平は桃田の陰から通りの様子を窺った。このあたりは人通りも少ないし、酔っ払いもほとんど通らない。街灯もあまりなく、車道にも照明がない。立ち入り禁止の看板なんかなくても地下道を使おうと思う者はほとんどいない。恵平自身が最初にあの場所から昭和へ迷い込んだのも、女性に危険な道だから確認しておこうと思ったからだ。不気味で湿った地下道だったけど、二度とうら交番へは行けないと思うと、おしっこ臭い道を通って昭和へ迷い出た日のことが切なさを伴って蘇ってきた。

ラジオから聞こえた歌謡曲、豆腐屋のラッパ、板塀と土埃とドブの臭い、そして柏村が淹れてくれたほうじ茶の味。何よりそこで出会えた亡き祖父の、懸命に生きていた若き日の姿が胸に迫った。恵平は課せられた使命を全うしようと心に誓った。警視庁の都市伝説を終わらせるのだ。柏村さんが生んだ怪物を救い、ジンクスを打ち破る。私も死なないし、平野先輩も死なせない。

Tシャツの裾から手を入れて、メリーさんにもらったお守りを握る。

そのときまたもスマホが震えた。平野からだった。

――まだいるか――

――ピーチ先輩と向かいのビルに隠れています――

――鵜野が向かった　俺たちもそっちへ廻るから　鵜野から目を離すなよ。白髪の紳士で杖をついているからすぐわかるはず――

恵平が桃田にスマホを見せると、桃田は無言で頷いた。ドキ、ドキ、ドキ、ドキ……自分の心臓の音が聞こえる。体の芯が熱くなり、変な汗をかいてきて、桃田に匂いが行かないだろうかと不安になった。なんだろう。体中の細胞が燃えるみたいで、神経が研ぎ澄まされて、様々な音がハッキリ聞こえる。たぶん、これを武者震いと言うのかもしれない。まるで戦闘態勢に入ったみたいに緊張と興奮を同時に感じる。恵平はようやく、平野が言う刑事の五感を実感した。

工事現場は静まりかえっている。年配のサラリーマンらしき人が通りかかったが、暗いので足下だけ見て通り過ぎて行く。そしてまた静かになった。恵平たちと地下道の間には車道があって、車のヘッドライトが地下道の天井を三角形に照らして行き過ぎる。国際フォーラムの奥のほうから一瞬楽しげな笑い声が聞こえて、すぐに消え、何人かの若者たちが来て、駅のほうへと去っていく。脇の桃田に目をやったとき、カツン、と杖の音がした。桃田が腕で恵平を庇う。もう少し後ろへ下がれと命令している。恵平はさらにビルの隙間に入った。

桃田が上体を伏せたので、後ろにいても通り向こうの様子が見えた。

カツ、カツン、カツ、カツン。その人物は真っ直ぐ前を向き、逸る足取りでやって来た。体を斜めに傾けて、懸命に急いでいるのがわかる。仕立てのよさそうなスーツを着て、薄暗がりでも艶がわかる靴を履き、白髪をオールバックに整えて、白い口髭を生やしていた。横顔は精悍で、年齢の割に背が高い。そして手袋をはめていた。ホントに鵜野重三郎が来た。杖を持ってはいるけれど、杖がなければ歩けないという感じでもない。工事現場の前まで来ると、鵜野は足を止めて物珍しげに様子を眺めた。養生ネットで囲まれた古い地下道が透けている。もはや字も読めなくなった入口サインが天辺にあり、ガードフェンスの奥に口を開けている階段も見えている。恵平たちに背中を向けたまま鵜野が動かなくなったので、何を考えているのだろうと恵平は思った。彼はどうするつもりだろう。見るだけ見に来て、帰るのだろうか。

(何してるんだ?)

密やかな声で桃田が言った。わかりません。と、恵平は心の中で返事をした。鵜野はまだ動かない。車が通って、一瞬フロントライトに姿が浮かんで、すぐ消える。そのとき鵜野はネットを持ち上げ、仮囲いの中へ入って行った。

(あ、入った)

今度は声に出して恵平が言い、桃田がコクリと頷いた。ややあって、密やかな足音が近づいてきた。それは地下道の側ではなく、恵平と桃田の近くへやって来た。

「どうだ？　鵜野は？」

平野の声で振り向くと、腰を屈めた平野と水品がすぐ近くまで来ていた。屈んだままで桃田が答える。

「工事現場へ入ったよ。階段の先にはまだ道がある。崩落防止用のパネルを設置しているところみたいだ」

「工事は？」

「奥の方ではやってるみたいだけど、パネルから手前は無人だよ。工事用の資材が置いてある」

「あれが伝説のうら交番への入口ってことですか？」

水品がそう訊いた。

「そうです。でも、うら交番へはもう行けないと思う」

恵平が答えると、水品は体を捻るようにして地下道を眺め、

「じゃ、ここで出てくるのを待つってことですね」

と静かに言った。その言葉には、

『鵜野が工事中の地下道に入ったからといって、それがなんの証拠になるのか』

という意味が含まれているようだった。

水品だけでなく、桃田も平野も恵平も、同じことを考えていた。それでなにが証明できるのか。鵜野が永田だという証拠になるのか。鵜野が明野を殺したことは、コン

トローラーのDNAと嚙み傷だけで証明できるか。鵜野が『匣』であることは、さらに証明が難しい。ターンボックスにメスが入っても、捜査は鵜野まで及ぶのか。よしんば鵜野のDNAが手に入り、六十年も前に殉職した警察官の遺品にあった毛髪と爪のDNAと合致したとして、理由を説明できるのか。遺体の処理を請け負うことで犯罪に加担してきた人物の存在を、どう証明したらいいのだろうか。

「俺が行く」

と、平野が腰を浮かせたので、桃田は言った。

「行ってどうする？　奥はたぶん行き止まりだし、ここで待ってれば出てくるよ」

「中に入って鵜野と話しても、工事現場の不法侵入程度しか問えませんよ」

水品も言うのを、恵平は立ち上がって、

「私も行きます」

と平野を見つめた。

これは私たちの仕事だ。行ってどうなるものでもないけれど、これは初めから、私と平野先輩、東京駅うら交番と柏村さんの仕事なんだ。

確信に近い激情が、沸々とこみ上げてきていたのだった。平野も言う。

「わからないけどわかるんだ。俺たちは行かなきゃならない。そんな気がする。結果としてすぐ三人で戻って来たら、嗤われてやるからさ」

　桃田の肩に手を置くと、立ち上がって恵平を見た。

「最後のチャンスだ。ケリをつけるぞ」

「はい」

　恵平は答え、桃田を越えて前に出た。

「なら、ぼくらはここで見張っています。出入口は一つですから、万が一にも誰かを逃がすことはありません」

　水品の言葉に桃田も立って、

「仕方ないなあ……ま、時間もないしね」

　無理に口角を上げてから、

「しっかりね」

　と、恵平に言った。恵平は、

「はい」

　と、桃田に答え、水品に会釈してから平野を追って車道を渡り、工事現場の仮囲いの中へと進んで行った。

二人が地下へ行くのを見届けてから、桃田は水品を誘って地下道入口に近づいた。仮囲いの中へは入らず、その脇に身を潜め、近くで様子を見守るつもりだ。適当な場所に落ち着くと、水品が桃田に訊いた。

「もしかして、三人はぼくの知らない情報を共有してますか？」

桃田はメガネを外して拭きながら、

「そうかもね」

と、頷いた。

「鵜野はどうしてここへ来たんでしょう？　平野刑事が警視庁の都市伝説を話したからですか？　過去から誰かがこっちへ来たと、鵜野も思っているんでしょうか、ほんとうに？」

「うん。たぶん」

「ケリをつけるって何ですか？　丸の内西署の人たちは、本当にここが伝説のうら交番への入口だと思ってるんですか？」

「思ってるんじゃなくて、そうなんだ」

桃田はメガネをかけながら、水品の顔をじっと見た。当然ながら水品は、呆れ返った表情をしている。

「わかるよ。まあ……そうなるよね？　でも本当なんだ。堀北と平野は、何度もここから伝説のうら交番へ行ってるんだよ」

「まさか」

と一度は言いながら、水品は不安そうな顔になり、

「ていうか……え？　いや……だって……あの。あれってただの噂ですよね？　うら交番へ行った者は」

「一年以内に命を落とす。堀北が最初にうら交番へ行ってから、間もなく一年になるんだよ」

水品は怖々と仮囲いの奥を見た。今では明かりすら点かないそこは、冥界への入口さながらにビルの隙間で真っ黒な口を開けていた。

第六章　東京駅うら交番ふたたび

鵜野が明かりを点けるはずだから、こっそりそれを追いかけて行けばいいと思った。それなのに、平野と一緒に階段を下りて地下道に立っても、明かりなどどこにも見えなかった。乏しい外光が潰えてしまうと階段から先は真っ暗闇で、鵜野がつく杖の音も、足音すらも聞こえない。地下道の奥のほうから工事の音が微かに聞こえてくるだけだ。道は緩やかに湾曲していて、そこにはただ漆黒の闇が広がっていた。

「どこへ行ったんでしょう」

恵平は声を潜めた。平野も腰を屈めて闇の向こうを窺いながら、

「おかしいな」

と、小さく言った。二人で耳をすましてみたが、地上を走る車の音が聞こえただけだ。上下左右から湿り気が迫って、嗅ぎ慣れた地下道の臭いに鉄筋やパイプなどの工

業的な匂いが混じり込んでいた。平野は先へ進もうとして、すぐさま何かに躓いた。声を殺して（痛てっ）と唸るので、恵平は言った。

「明かりナシじゃ無理ですよ。色々な物が置いてあるのでケガします」

「じゃ、ヤツはどうして暗闇でも大丈夫なんだよ」

赤外線ゴーグルでも着けているのでなければこの闇は進めない。とすれば鵜野は暗がりに身を伏せて、こちらの様子を窺っているのだろうか。恵平は、彼が『匣』の首謀者かもしれないことを思ってゾッとした。その可能性は大いにあるし、人殺しを何とも思わない者が闇の中でこちらを狙っていると想像すると、自分がウサギになった気がした。どうしようかと考えていると、平野があっさりとスマホを出してライトを点けた。地下道内の様子がようやく見えて、平野が躓いた箱や、躓かずにすんだ無数のパイプが浮かび上がった。平野は奥へ光を向けたが、人影はどこにもない。身を隠せるような場所もない。

「……いない」

恵平は呟きながらゾッとした。平野は小さく舌打ちすると、地下道を進み始めた。入口から数十メートル先までは工事用資材が丁寧に積み上げられていた。人が隠れられるようなスペースはなく、壁も天井も見えるのだが、やはり以前の地下道とは様子が違う。その先には崩落防止用のパネルを設置する準備がされていて、一部はすでにパネルが組まれている。通路から壁へ、そして天井へ、ライトを向けながら平野が言った。

「天井はあまり見てこなかったが、けっこう危ない状態だったんだな」

コンクリートにひび割れがあり、そこから地下水が染み出していた。水は天井を伝って壁に落ち、左右の溝に溜まっている。真っ黒な水がライトを反射してキラリと光り、小便の臭いがした。先へ明かりを向けても人影はない。

「どこへ行きやがったんだ」

平野がそう呟いたとき、恵平は風を感じた。立ち止まって、その先を見る。前方に見慣れた地下道が現れたのだ。明滅する蛍光灯が描く縞模様が緩やかに奥へと続き、地上へ出るための階段口が壁にポッカリ空いている。

平野も同時に足を止め、そしてスマホのライトを消した。

「……うら交番」

間違いない。地上から吹き下りてくる風は昭和の街の懐かしい匂いだ。犬の遠吠えが聞こえる夜の様子が目に浮かぶ。恵平は、振り返った平野と目が合った。そして初めて、自分たちが来た道にも蛍光灯の明かりが点いているのを知った。崩落防止用のパネルはどこにもなくて、溝に煙草の吸い殻が落ちている。

平野が無言で手を出したので、恵平も無言でその手を握った。想像よりも骨張って、薄くて温かな手のひらだった。

長い旅が終わりを迎える予感がしていた。偶然にもうら交番へ出てしまったあの日からずっと、昭和から令和へと続く長旅を自分は平野と続けてきたのだ。答えを探し、逃げ道を模索し、やがて立ち向かうことを決意した。自分一人ではできなかったことだ。平野がいて、桃田がいて、ペイさんやダミさんや徳兵衛さんや、メリーさんがいてくれた。恵平は、知らず平野の手を強く握った。平野が同じ力で握り返してくれたとき、大丈夫だ、と、なぜか思った。大丈夫。きっと大丈夫。

根拠も自信もなかったけれど、恵平はそれを信じた。

平野に引かれて階段を上る。

地下道を出て地上に立つと、そこは東京駅うら交番の前だった。

二人は同時に互いの手を放す。日が暮れて、交番に赤い電球が点いている。いつものように扉が全開になっていて、ストッパー代わりに朝顔の鉢を置き、軒でガラスの風鈴が揺れていた。お隣の電気店は店を閉め、カーテン越しの明かりが漏れる。匂いは夏の夜のもの。鶴野はどこかと見回すと、車道を渡った空き地に捨てられている車の脇に立っている。凍ったように動かないわけは、本当に昭和に続いていたことを信じられずにいるからだろうか。いや、そうではないと、恵平はすぐにわかった。うら交番に人がいて、話し声がしていたからだ。

「いや、ごちそうさま。悪かったねえ」

柏村の声がして、人影が動いた。和服で割烹着姿の若い女性と、七分袖の白い法被にエプロンを締めた男性が外に出てくる。

「こちらこそ、お巡りさんにはお世話になるばっかりで」

「私からも話してみるよ」

「お願いします。私が言うと母が余計に意固地になって、芽衣子が不憫で」

恵平はドキンとした。メリーさんかもしれない。

柏村は二人を送って外に出てきた。

「気に病むのもよくないんだよ」

「……はい……でも……」

「女将さんも、言い方はきついが心配しているだけなんだろう。こんな働き者でかわいいお嫁さんに来てもらったのに、文句があるなど罰が当たるさ。大丈夫、私が話をしてみるからね」

それならあれは、亡くなったご主人だ。

歩道の陰の暗がりで、恵平は声もなくうら交番を見つめた。二度と会えるはずのない人が若い姿でそこにいて、柏村さんと話している。そのことが、不思議でありがたくて胸に迫った。恵平は彼女がくれたお守りを肌身離さず身に着けている。

会話の声は小さくなって、やがて夫婦が頭を下げて帰って行くと、それを見送ってから柏村は、一度交番へ引っ込んだ。ヤカンに水を汲んで戻ってくると朝顔の鉢に水をやり、しゃがんで枯れ葉や花殻を摘み取り始めた。

空き地にいた鴉野が近寄っていく。恵平が身を乗り出すと、平野が止めた。柏村は気配を感じて振り返り、身なりのよい老人がいるのを見て言った。

「こんばんは」

老人は柏村の後ろに立ったまま、凍ったように彼を見ている。軒の風鈴がチリチリンと鳴って、柏村が怪訝そうに立ち上がる。鴉野は言った。

「……親父っさん」

歩道の陰で平野が呟く。

「聞いたか？」

恵平は「はい」と答えた。

「クソ……今はいったい、いつなんだよ」

柏村が生きているわけだから、少なくとも例の日付よりは前のはず。でも、メリーさんとご主人が交番にいたということは……柏村が殉職した事件の調書を思い出し、恵平は胸が苦しくなってきた。道の向こうで柏村は、不思議そうな顔をしている。当然だ。柏村が知っているのは六十年も前の彼なのだから。

二人の様子を観察する。平野も恵平も、決定的な何かがわかるのを待っている。

「信じられない。まさか本当だったとは」

鶏野は柏村を差し置いて、うら交番へ入って行った。

柏村はヤカンを下げたまま、呆然とそれを見つめている。平野が動き、歩道を下りて車道を進む。見えているのは交番から漏れる明かりと柏村の背中、明かりの下に呆然と立つ鶏野の姿だ。ほとんど車が通らない車道の真ん中で、平野は止まった。恵平も立ち止まる。鶏野は交番を見回している。コンパクトな執務室、三つ置かれたちぐはぐな椅子、奥の宿直室と小さな流し、天井の丸い照明。

「どちら様でしたかな?」

柏村が訊き、鶏野が振り向く。恵平は柏村が左手にヤカンを持ち替えて、右手を背中の警棒に置くのを見た。警戒しているのだ。

鵜野は言う。当然のように柏村に話しかけている。

「親父っさんも知ってたんですか。明野のジジィが向こうへ行っていたことを」

警棒に回した柏村の手がピクリと動く。

「明野のことを知っているのかね？」

眉間に縦皺を寄せてから、鵜野の顔をじっと見た。次には頭の天辺から足の先まで視線を流して、柏村は鵜野に近づいた。

「……まさか……」と言う。

年齢も容貌もすっかり変わってしまった彼を、柏村は受け入れたようだった。

「……きみなのか。永田くん」

恵平と平野は顔を見合わせた。柏村が交番へ入って行ったので、車道から交番前の空き地へ進んだ。明かりが届かない暗がりに立つと、平野は人差し指を唇に当て、もっと奥に隠れろと恵平に指示した。そしてスマホを交番へ向けた。鵜野と柏村のやりとりをビデオに撮影するためだ。執務室の細長い窓から内部が見える。近いので声も聞こえる。鵜野と柏村はデスクの前に、向かい合って立っていた。

「生きていたのか。やはり、生きていたんだな？」

鵜野も言う。

「親父っさんも知ってたんですか。あの道のことを」

柏村は不思議そうな顔で眉根を寄せた。

「あの道？」

「そこの道ですよ。あすこから地下へ入れば令和に出られるってことを、親父っさんは知ってたんですか」

柏村はそちらに目をやり、「いや」と、答えた。それから鵜野に、

「きみもそこから来たのか」と、訊いた。

「きみも？　そうか、親父っさんも知ってたんだな。クソ、どいつもこいつも、俺を馬鹿にしやがって」

鵜野が不自然な動きをしたことに、恵平も平野も気が付いた。柏村を助けようと体が動くより早く、柏村は盾にしていたヤカンを椅子に載せながら言った。

「中野駅近くの農作業小屋」

鵜野の動きがピタリと止まった。柏村は続ける。

「やはりきみの仕業だったか。日本橋川の警察官バラバラ殺人事件は」

柏村と鵜野の会話以外、すべての音が消えた気がした。それどころか、二人の姿が

見える窓以外はすべてが闇に溶けてしまったようにも思えた。柏村が発する気配は物凄く、それが鵜野だけに照射され、彼を縛っているようだった。柏村は悲しみ、怒り、哀れみ、興奮している。それが痛いほどに伝わってきた。

「飯岡英喜の事件が切っ掛けだったのかね？　床下で、ホルマリン漬けにされた遺体を見つけて、きみは世界が崩れてしまったのだろう」

鵜野は低く嗤ったようだった。柏村は続ける。

「女生徒を捜索している最中に、きみは私服の警察官と出会ったんだな？　どうして殺した？　ケンカにでもなったのか？」

鵜野はなにも答えない。不自然に握った杖を胸のあたりに構えたままだ。

「殺してから気がついたのか？　警官だったと。それともそれを知っていて」

「警官だとは思わなかった」

ついに鵜野はそう言った。そして再び黙り込む。

「畑の中に農作業小屋があったな。そこで遺体を解体したか？　農薬の袋に詰めて持ち出して、日本橋川に捨てたのだろう。それが中州で発見された。野上警察署へ行って聞いたよ。あの事件以降、きみは借りてきた猫のようになってしまったと」

鵜野は「ふん」と鼻を鳴らした。けれども柏村がその先を言うと、苦々しそうに顔を歪めた。

「子供も一人殺したな？　死体を運び出すのを見られたからか？　子供がいなくなった日に、子供を背負って農道を行くきみの姿を目撃した人物がいるのだよ」

「嘘だ。そんなはずはない」

「いや、嘘じゃない。その人物は影を見て、腹の出た男が子供を背負って行ったと思った。だがそれは腹じゃなく、腹に抱えた警察官の死体の部位だ、おそらく頭だ、違うかね？　違うのか？」

柏村は怒りを込めて一喝した。刑事だった彼が罪のない子供を手にかけたことが、何にも増して許せないのだ。鵜野は笑った。自暴自棄とも言える笑い方だった。

「親父っさんが刑事をやめていて、俺はラッキーだったんだな——」

と言う。

「——だけど、あれは事故だったんだ。襲われそうになったから反撃しただけだ。やり過ぎて、殺しちまった」

「きみは飯岡英喜の事件で圧倒的な暴力を見せつけられて、恐怖に囚われていたのではないかね？　正確な判断ができなくなるほど心を病んでいたのだな」

「病んでいたというならそうかもしれない。俺はただ、知りたかっただけなんだ。飯岡英喜を理解できなくて、どうしてあんな残酷な真似ができたのか、心理を知るしかないと思った」

「わかったのかね？」

柏村の問いに、鵜野は苦笑で答えた。

「いやまったく。だが今は、もう恐怖などないんだよ。人の死も、死体も怖くない。牛や豚をさばくのと同じだ。肉は肉だし、骨は骨だ」

「……永田くん」

柏村が哀れむように呟くと、

「その名で俺を呼ぶんじゃない！」

と、鵜野は吠えた。

「永田哲夫はあの夜死んだ。不幸な事故に殺されたんだ。親父っさんにはわかるまい。あんなことで終わる男じゃ、俺はないんだ。俺は特別な人間だ。あんたは何も知らないだろうが、事実、俺は年商一千億を超える企業を立ち上げた。俺がいなければ社会が立ちゆかないほどの功労者なんだよ」

「贖罪をしたつもりかね？　罪を隠して虚飾で覆い、一番辛いことから逃げて、きみは反省してもいないし、苦しんでもいないじゃないか」

柏村は首を左右に振った。

「思い上がりもいい加減にしなさい。社会に絶対必要な人はいないし、絶対無用な人もいないんだ」

「相変わらずだな……親父っさんの考えは、凝り固まっていて古臭いんだよ」

「そうかもしれん。だが、少なくとも私は逃げないぞ。それだけの度量は持っているつもりだ。一度逃げることを覚えたら、逃げ続けることしかできなくなる。きみにもそれを知って欲しかった」

「わかったような口を利くなーっ！」

と、鵜野は怒声を張り上げた。柏村は動じない。

「偉そうな顔して知ったような口を利くんじゃない。あれがどんなに悲惨な仕事か、あんたは何も知らないだろう？　人間の中身がどうか、腹を裂いたらどんな臭いか、人が溶けるときにどんなガスを発するか、あんたは何も知らないだろう？　俺が喜んでそれをやってきたとでも思うのか。異常者どもの始末をするのがどんな仕事か、どんな連中と渡り合わなきゃならなかったか、あんたは何も知らないだろう。俺は人だが神にもなるんだ。そうでも思わなきゃ、やってられるか。俺は神だ。神なんだよ」

意味不明な持論を展開する。

「きみは、だから、明野のジジイに取り憑かれたんじゃないのかね。きみはあいつの正体を知っていたのか？　そうではあるまい。秘密を抱えたことで彼に脅されていたのだろう。引き返すチャンスは何度もあったはずなのに、きみは罪を告白できなくて、隠し続けて泥沼にはまっていったのじゃないか」

「親父っさん、今さら何を言っても無駄だよ。ジジイは死んで、もういない。あいつはな、あいつは俺の世界に突然出てきて、報酬をよこせと言いやがったんだ。それだけじゃないぞ。俺の功績をすべて、地に落とそうとしたんだよ。あいつは邪悪だ。俺が苦労して築き上げた地位も、名声も、粉みじんにするのを楽しんでいたんだ。あいつは最初から……俺をこの商売に引き込んだときから、そうする機会を狙っていたんだ。あいつは知っていたはずなのに、それを俺には黙っていた。俺はあいつに騙されたんだよ。あの道を通れば——」

と、鵜野は地下道の方向を指した。

「——未来へ行けると知っていたのに、それを黙っていやがった。俺に俺を捨てさせて、自分の後釜にしやがった。どうしてだと思う？　俺が成功するのを待っていけしゃあしゃあと顔を出し、成功した俺をいたぶるためだよ。ジジイは根っから腐ってやがった。あいつはそれが楽しいんだよ」

「ミキサー車で死んだのは明野じゃないんだな」

「別人だよ。それが『匣』を継ぐ条件だった。明野のジジイを跡形もなく消すことが、引き継ぐ者の条件だったんだよ」

「だが、きみは実際にも殺したんだな？　明野のジジイを」

ふふん。と、鵜野は鼻で嗤った。

「腕に覚えがあったのか、今の俺より自分のほうが若いと高を括っていたのか知らないが、俺も当時の俺じゃないからな。首を絞める素振りであいつのここに」

と、首を傾けて頸動脈のあたりを指で突き、

「『溶ける薬』を注射したときは見物だったよ？　俺がこんな体になったのも、元はといえばあいつのせいだ。ジジイは中からも外からも溶けて死んだんだ」

おぞましさに恵平は背筋が凍った。平野は険しい顔で録画を続けていたが、鵜野がそこまで喋ったのを確認すると録画を止めた。スマホをしまって交番へ向かう。

「きみは刑事じゃなかったのか」

交番から柏村の悲痛な声が漏れ聞こえている。

「きみは何をしにここへ来た。きみが消息を絶ったあと、仲間たちが骨身を削ってきみの行方を捜しているのを嗤いにきたのか。明野のジジイ同様に、見つかるはずのな

い遺体を懸命に捜す者たちを嗤いにきたのか。答えなさい。どうなんだ！」

恵平と平野が交番の前に立つと、人影が差すのに気がついて、柏村が振り向いた。

鶫野も平野の顔を見て、驚いたように眉を寄せ、首を捻って呟いた。

「今日の刑事じゃないか……おまえ……明野のジジイとグルだったのか？」

柏村は何も言わなかったが、きみたちはどうしてまたここへ来たのかと、顔つきが語っていた。平野は恵平の前に出て言った。

「鶫野重三郎さん。ターンボックスが起こした事件についてお話を聞かせて頂きたい。署までご同行願えますか」

その隙に恵平は交番の日めくりカレンダーを目で追った。

昭和三十五年八月十二日。柱時計は午後七時五十三分を指している。

地下道で崩落事故が起きる日だ。柏村が殉職する日。うら交番の都市伝説が始まる日になっていた。

平野の言葉に、鶫野は少しだけ動じる素振りを見せて、すぐに戻った。彼は不敵に微笑みながら、胸のあたりで弄んでいた杖を床に下ろした。

交番の風鈴がリンと鳴り、電気店との間の小路を通る人たちの声がした。呑気な話し声とは裏腹に交番内の空気は張り詰めて、誰も動かず、誰も声を発しなかった。鶫野と柏村が対峙して、平野と恵平は脇にいる。柏村は鵜野から目を離さず、鵜野は平野を睨み付けていた。緊張がチリチリと恵平を刺し、恵平は鵜野が手にした杖を見ていた。さっき柏村と話しているとき、鵜野は奇妙な動きをした。それは彼が持つ杖に何かが仕込まれていることを感じさせた。あれに『溶ける薬』が入っていたのじゃないかと思う。鵜野は明野のジジイの首を絞め、左腕を噛まれながらも右手で明野に注射したのだ。その後のことは想像したくない。

「親父っさん、今は何年だ?」

最初に鵜野が沈黙を破った。そして壁の日めくりカレンダーに目をやった。細めた眼は表情が読み取りにくく、口元には、ずっと薄笑いを浮かべている。

「あの道だがね」

と、鵜野は平野に視線を移して訊いた。

「どういう仕組みになっているのかな?」

「知らねえよ」

と、平野は答えた。背中に手を回してベルトに挿した特殊警棒をまさぐっている。

「私はね、今よりも少し昔へ戻りたいのだ。私が非番の警察官を絞め殺す夜に戻って、当時の自分に話すつもりだ。女生徒は事件なんぞに巻き込まれていない。親に黙って男の部屋でちちくり合っているだけだとね。そうすれば、永田刑事は事故に遭わずに済むだろう？　そして私はさらに教える。彼には素晴らしい功績を残せる資質があると。明野のジジイとの関わり方も教えてやろう。ジジィで手柄を立てさせてやってもいいが、警察官など早く辞め、別の事業に手を出すべきだと伝え、そのノウハウも教えてやろう。すると、どうなると思うかね？」

「クリーンな鶫野重三郎になれるとでも思ってんのかよ。本物の鶫野重三郎はどうしたんだよ？　あんたが殺してすり替わったんじゃないのかよ」

平野の言葉で鶫野は笑った。

「過去と未来を行き来できるのは凄いことだね。いいかい？　私が過去に戻って私を止めれば、永田哲夫は永田のままで生きられるんだ。鶫野に成り代わる必要はないし、忌々しい病に罹ることもない。死体の処理なんて奇態な仕事をしなくてもいい」

「あんた……何人殺してきたんだよ」

と、平野は言った。

平野から電話で聞いた通りに、鶫野が吐き出す冷気を恵平も感じた。明野のジジイと呼ばれた男も、きっと同じ冷気を纏っていたのだろう。柏村はそれを屍臭と呼んだ。私たち警察官も現場でそれに触れるけど、鶫野のそれはただの腐敗臭ではなくて、加害者の悪意や被害者の恐怖が凝り固まった臭いだ。一度浸潤されたら容易に逃れることのできない臭い。それを纏（まと）ったこの人が柏村さんの後輩刑事だったと言うのなら、その片鱗（へんりん）すら失った今は、やっぱり怪物なんだと恵平は思い、人間に戻すにはどうしたらいいのだろうと考えた。

「自首してください」

と、恵平は言った。

「一緒に向こうへ戻りましょう。過去への道は人の都合で開（あ）くようなものじゃないんです。地下道を通ってもここへ来られないこともあるし、思いがけず連れて来られることもある。何年のどこへ行きたいと思って行けるようなものじゃないんです」

「嘘だな」

鶫野は不敵な笑い方をした。

「明野のジジイはそれをした。おまえたちもここへ来た。何かやり方があるはずだ」

「やり方なんかねえよ。ジジイが未来へ行けたのは偶然だ。あの道を自在に使う方法なんざ、どこにもねえよ」

「二人の言うとおりだぞ」

と、柏村は言う。

「私もあそこへ入ってみたが、工事現場へ出ただけだった」

鵜野は視線を忙しなく動かし、手にした杖を銃のように構えて柏村に向けた。

「親父っさん、動かないでくださいよ」

平野が飛びかかろうとすると鵜野は叫んだ。

「フッ酸が出るぞ！」

そしてニタリと笑った。

「拳銃とは違うと思っているのか？　白煙とともに劇毒物が出て、触れれば皮膚が焼けて溶けるぞ。何人いようが同じ目に遭う。明野のジジイがどうやって死んだか試してみるか？」

「刺激するんじゃない。下がりなさい」

柏村は腕を上げ、恵平と平野を牽制した。平野は後ろ手に恵平を庇って、ジリ、ジリ、と後退した。そこは交番の出入口で、ドアが閉まらないように朝顔の鉢が置いてある。平野と一緒に押し出されつつ、恵平は考えた。この鉢を鵜野の足下に蹴り倒したらどうだろう。躓いた拍子に私が杖を、平野先輩が鵜野を取り押さえたら？　でも衝撃で鵜野が毒物を発射させたらどうなるだろう。私たち全員が体のどこかを失うだろうか。それとも鵜野が通行人を人質にしたら、もっとマズいことになる。

恵平は調書を思い出す。その日、二十時過ぎ、柏村から所轄署に入電がある。その少し前、交番内で若い男女と老人の話し声がしたと証言がある。まさにこの状況ではないか。鶏野は女性を人質にして地下道へ逃げ込むはずだ。これから誰かが危険な目に遭わされるのだ。

鶏野が杖の先を向けてきたので、平野は両手を頭上に挙げた。鶏野の目が自分に向いたので、恵平も両手を頭上に挙げた。そうしておいて恵平は、杖の先をじっと見た。鶏野は牽制しながら近づいてきて、平野と恵平を交番の外へ押し出した。自分も交番の外へ出る。このまま走って逃げるかもしれない。そして誰かが危険な目に遭う。恵平は平野に囁いた。

「フェイクです。杖の先に穴がない」

その瞬間、鶏野は体当たりで平野を突き飛ばし、恵平の腕を掴んで抱き寄せた。横にした杖で恵平の首を絞め上げて、握り部分を引き抜くと、注射針が仕込まれていた。

「ご名答。噴射は無理だが注射はできる」

「ケッペー！」

と、平野が叫んだ。

恵平は平野に目を向けて、彼と柏村を押し戻すような仕草をした。

「大丈夫です」

心の中では、ほかの誰かが人質になるより自分でよかったと安心していた。早回しの装置が動いたように、脳が恐ろしい早さで回転している。懸命に思考を巡らせて、恵平は鵜野に言う。

「さっきのあれは嘘でした。この地下道は……」

鵜野をどちらへ連れて行くべきか。崩落事故は丸の内二丁目から三丁目に当たるあたりで起きた。柏村さんもそこにいた。人質の女性は生死が不明。それが自分であることを知って、恵平は生唾を飲む。

「地下道は、なんだ」

針の先端が首に刺さった。平野が間合いを縮めてくると、鵜野は恵平を引きずって後ずさり、車道を渡って歩道に上がった。そのたび針は刺さったり抜けたりを繰り返す。恐怖と緊張と興奮で、痛みはまったく感じなかった。恵平は横目で鵜野を見た。

「刺せばあなたは昭和を出られない。私は教えてあげないし、地下道は間もなく塞がれてしまう。知ってるでしょ？　この時代に事故があったのを。あれはこれから起きることなの。やり直すつもりでここに来たなら、時間はもう、ほとんどないのよ」

鵜野は立ち止まり、首を絞めている杖の力が少しだけ緩んだ。鵜野にも事故の記憶があるのだ。柏村に顔を向けたので、柏村がそこで死んだことも覚えているのだろう。畳みかけるように恵平は言った。もちろん口から出任せで、自分がこんなにも適当なことをペラペラ喋る人間だとは思わなかった。

「地下道のタイムトンネルは、どこから抜け出すかで時間を選べる。この場所にしか出られないけど、どの年に出られるかは選べるの」

「どうやるんだ」

「上がる階段を選ぶのよ。昭和三十三年の春に行きたいのなら」

「どうやるんだと訊いている」

「ここより二本向こうの階段から……」

恵平が指で方向を示した瞬間、

「指が震えた。嘘ならもっと上手く吐け！」

鶺野は叫んで力任せに恵平を引き寄せ、頭を摑んでグッと押し、地下道入口から階段の下へと突き落とした。

恵平は眼前にコンクリートの階段を見た。咄嗟に出した腕が滑ってしたたかに肘を打ち、肩を打ち、あとはただゴロゴロと階段の下まで転がっていった。ケッペー！

と平野が叫ぶ声がしたので、警察学校を思い出し、体を丸めて受け身の体勢を取ったとき、コンクリートの床を転がって、壁に叩きつけられて止まった。鵜野が階段を駆け下りてきて、恵平には目もくれず、示したのとは反対方向へ走っていった。忌まわしい注射器を杖に挿し、脱兎のごとく駆けていく。

「大丈夫かっ！」

　と、声がして、平野に抱き起こされるまで、恵平は動くことができなかった。漬物石と一緒に洗濯ドラムに放り込まれて十数回は回されたような気がする。

「バカ野郎！　なんでみすみす捕まってんだよ」

「だって……誰かが人質にならないと……調書の通りにならないし……」

　平野は両手で頰を挟んで恵平の顔を自分に向かせ、痛々しそうに眉をひそめて前髪を搔き上げた。

「痛たた……」

「だろうな。でっけえコブができてるぞ。足は？　腕は？　動くか？」

　起き上がろうとしたとき、すりむいた手が側溝の水たまりに触れてゾッとした。平野がハンカチを出して血を拭い、傷を確認してから立ち上がるのを助けてくれた。体中が痛むけど、幸いにも骨折はしていないようだ。ペイさんに磨いてもらった靴のおかげで素早く動け、メリーさんのお守りに守られたのだと思った。

「大丈夫です。全然行けます」

「本当か」

「はい」

と答えたとき、階段の上に柏村の影が見えた。無線機を手にしているから、本署に応援を要請したようだ。

「人質になった女性を保護」

と、階段の上で言ってから、

「無事なのか？　被疑者はどっちへ行った？」

と、柏村が訊く。恵平は左右を見たけれど、頭がガンガン鳴っていて、すぐには自分の立ち位置がわからなかった。鶫野を行かせたかったのは大手町方向だ。それなのに、彼は丸の内のほうへ走って行った。

「丸の内側です」

伝えてから唇を嚙んで「どうして……」と呟いた。

「徹底的にひねくれてやがるからだよ。ケッペーの裏をかいたつもりなんだろうが」

「どっちへ行っても昭和三十三年には出られません」

「だな」

言いながら平野は恵平の首筋に触れた。指の先で顎(あご)を持ち、横を向かせて鶫野の注射針が刺さった場所をなぞってくる。恵平もそこに触れたが、わずかな出血があるようだった。

「注入されたか」

「いえ、大丈夫です。あれしか武器がないんだから、そう簡単には使いません」

すると平野は苦笑して、

「たしかにな」

と、恵平の頭をポンポン叩いた。

「あんまり無茶するんじゃねえぞ」

柏村が階段を下りてくる。

「どうだ。救急車を呼んだほうがいいか？」と訊いた。恵平の顔を見て、

「無用です。色々面倒臭くなりますし、今はとにかく永田刑事を追わないと。彼を向こうへ連れて帰って、悪事のすべてを白状させます」

左右には昭和の地下道が続いている。そして幾つ目の階段を上がろうと、そこにあるのも昭和三十五年の東京だ。彼は階段を上がって年号を確かめ、絶望しながら下りてくる。そして、たぶん、件(くだん)の崩落現場へ向かうのだ。

「被疑者は武器を所持して丸の内方面へ進路を変更。地下道を逃走中。追跡します」

柏村は無線機で連絡してから平野に言った。

「後のことは私に任せて帰りなさい」

「そういうわけにはいきません」

「これは私の事件なんだよ。彼を救うのが私の仕事だ」

恵平はハッとした。柏村は銃を携帯している。この時代の警察官がすでに拳銃を貸与されていたのか恵平は知らない。でも、今まで何度ここへ来ても、銃を携帯する柏村を見た記憶がない。

「どうするつもりですか」

思わず訊くと、柏村は大きな瞳で恵平を見た。

「どうもしないさ」

「嘘です。彼を引き渡してください。この時代にはこの時代の彼がいる。柏村さんが鵜野を捕まえても、どうすることもできないはずです」

「行きなさい」

と、柏村が強く言うので、恵平は思わず、

「追っちゃダメです。追えば柏村さんは今夜死ぬ」

と、言ってしまった。平野も続ける。

「今夜この先で事故が起きます。彼が原因か、ほかの要因なのかはわからない。でも大事故で、あなたはそこで殉職するんだ」

「事故だって？」

「工事現場で崩落事故が起きるんです。正確な犠牲者の数は不明だけれど、もしも永田刑事を撃つつもりなら、その銃弾がダイナマイトに引火して事故になったのかもしれないし、柏村さん。バカな真似はしないでください」

「撃ったりせんよ。詳しい話を聞くだけだ」

柏村は改めて訊く。

「事故の話は本当か。さっき話していたのはそのことか」

「鵜野の野郎は昭和を生き抜き、だから事故のことも知っている。あなたがそこで死ぬことも」

柏村は地下道の先を見て言った。

「いかん……それは大変だ。工事現場に堀北くんがいるぞ」

「え」

恵平は変な声が出た。先に反応したのは平野のほうだ。

「堀北くんってまさか、新聞記者の見習いをしている?」

柏村はもう走り出している。

「そうだ。夜間はずっと地下道の工事現場で働いてきた。最近は収入も安定して……だが、今はまだそこにいる。行って知らせねば彼らが危ない」

「お祖父ちゃんが崩落現場に……」

恵平は実家に帰って祖父の書斎で、うら交番の謎を解く鍵を探した日のことを思い出した。引き出しに入れたお菓子の箱には、お守りと一緒に白黒写真が入っていた。白いワイシャツにツイードの吊りズボン、ハンチングを被って革靴を履いた堀北清司の写真は何箇所も折れ目があって、泥を拭ったように汚れていた。まさか、そんな……心臓がドクン！　と跳ねた。祖父も事故に遭ったんだ。そしてなんとか助かったんだ。もしかしてそれは、もしかしてお祖父ちゃんが助かったのは、今、私たちが事故を知らせに行くからなのか。走りながら、

「クッソ、マジかよ」

と平野が唸る。

「構造がわかんねえタイムスリップ、マジ腹立つわ。ここで彼が死んじまったら、ケッペーは生まれねえってことになんのかよ?」

考えてもみなかった。私たちが行くから救われる人がいて、その中にお祖父ちゃんも含まれるのか。それとも初めから、それもすべて織り込み済みで、世界は構築されていたのだろうか。もしくは私たちも事故で死に、うら交番のジンクスは完成するのか。恵平は打ち身の痛さに耐えながら、柏村と平野を追いかけた。

地下道は続いていて、いつもなら令和の入口に届く階段の前まで来ても、脂臭い未来の風は吹いてこなかった。階段の上には昭和があるし、地下道が途中から工事現場になっていることもなかった。恵平と平野はその場所を通り過ぎ、先を昭和の人たちが歩いていて、人垣の中に鶉野がいるのを見つけた。鶉野は思い通りの年代に辿(たど)り着ける秘密の通路を探している。さっきはあんなに早く走っていたのに、杖(つえ)にすがってウロウロしている姿は鬼気迫るものがある。薬剤の副作用からくる痙攣(けいれん)と痛みが鶉野を襲っているのだと思った。

「いやがったぞ、クソ」

走って行こうとする平野を柏村が止めた。

「やめなさい、ここだと周囲に人がいる。無人の場所へ行くまで待つんだ」

時間は刻一刻と過ぎて行く。焦りで全身から血の気が引いていくようだ。

「丸の内三丁目と二丁目の間へ向かうには、ほかに道がないんですか？」

柏村は無線機を出したが、この時代の無線機は地下に入ると通じにくくなるようだ。ツー、ブツ、ツー、と、役立たずの音しか聞こえてこない。柏村は左右を見回して、鉄道公安官の制服を着た者をみつけた。

「地上からは行けるし、工事現場に連絡もできる。彼に知らせてもらって作業員を避難させよう。崩落事故が起きるというのは本当なんだね？」

「本当です」

よしわかった、と柏村は言ってその場を離れた。私服の恵平や平野が行っても悪戯(いたずら)だと思われてしまうから、ここは柏村に任せるほかない。その間にも鵜野は先へ行き、ついに人垣を抜けて立ち入り禁止のエリアへ入った。

平野は突然足を止め、恵平を振り向いた。

「俺が行くからおまえは戻れ」

「イヤです」

恵平は、初めて平野と間近で見つめ合ったと思った。見つめ合ったというよりも、睨(にら)み合ったというのが近い。平野は頑固な目をしている。たぶん自分もそうだろう。

「先輩が戻ってください。私のお祖父ちゃんなんだから」

すると平野はニッコリ笑った。

「だな？　毒を食らわば皿までってヤツだ。二人で行くか、最後まで」

そう言って平野は背中を向ける。恵平は胸が熱くなる。

もしも自分たちがここで死んでも、お祖父ちゃんは生き残る。そしていつか自分が生まれる。平野先輩も生まれるだろう。そう考えると不思議な気がした。だって私たちは戻れないのだ。未来へ帰るあの道は、もうなくなってしまったのだから。

立ち入り禁止のエリアには、ガードフェンス代わりに組まれた鉄筋に『地下化工事○○地区』と書かれた看板が掲げられていて、後ろに立ち入り禁止柵があり、奥に煌々と明かりが点いていた。トンネルを掘っていくのではなくて、その先が地上へ続いていたのだ。工事では建物と地下部分を同時に造っているようだった。斜めに掘られた巨大な穴で地下は地上とつながって、恵平たちが令和で利用している地下街は土台と骨と剝き出しの鋼材の状態のままになっていた。

鵜野の姿がそこにある。建設途中の東京を前に、呆然として佇んでいる。

先へ進んでもタイムトンネルはどこにもないし、進もうにも足下は瓦礫の山だ。先は深くて広い穴であり、崩落防止の柵で囲まれている。柵の上には櫓のように柱が組まれて、地下で工事が続いていた。地下足袋姿の作業員たちが鉄骨の上を歩いていて、地下ではヘルメットにつけた明かりを頼りに掘削工事が続いている。所々に置かれた照明が、地下に照る無数の月のようである。穴の底から地上へ向けて板敷きの通路が敷かれ、作業者たちが猫車を押して来る。地下足袋ならば歩けるが、高価な革靴では滑って危ない。それとも鵜野は過去への道を見失い、戸惑って進めなくなったのか。杖にすがった後ろ姿は失意のまま荒野に佇むリア王のようだ。

「いやがったぞ、ちくしょうめ」

平野は恵平の前に出て、ベルトから特殊警棒を引き抜いた。鵜野がいるのは十数メートル向こうだ。パトカーのサイレンも、避難を促す者たちの声もまだ聞こえない。あまりに広い東京の空には無数の星が瞬いていた。

堀北清司は、この夜も商業ビルの建築工事現場で働いていた。

その場所には二棟のビルが建ち、地階が東京駅と通路でつながる計画だ。巨大な穴を地面に掘って、鉄筋で軀体を組み上げて、地階とビルを同時に造る。掘り出された土は膨大で、それを猫車に積み込んで、地上に運ぶ作業をしている。足下の泥は湿って重く、時折巨大な石が出てくる。照明が暗いので細部まで見えず、それでも炎天下で作業するよりは楽な気がする。きついが報酬はそこそこで、若い今こそするべき仕事だ。ニッカポッカのポケットに入れた手帳が太ももを優しく擦り続ける。自分はやがてここを去り、記者一本で食べていく。ここにいるのは自分のためだ。苦労もなしにデスクに張り付き、怒号を浴びせるばかりで記者を名乗る連中と自分は違う。動いて、郷に入って経験し、それを記事にする記者になる。ヘルメットの中が蒸れ、汗が目に染みるのにもずいぶん慣れた。ドロドロになることを楽しめるなら、金をもらって体を鍛えているようなものだ。

「おうよセイちゃん、あれ、なんかなあ？」

一緒に働いている爺さんが清司のそばに来て訊いた。不思議そうな顔で現場事務所のほうを見ている。

「どうしたんです」

顔を上げると、爺さんはスッポンのように首を伸ばして、

「今しがた現場監督が呼ばれてったんだけどよ、ほれ、あそこに来てんのはお巡りじゃねえか？」

と、現場事務所のほうを指したが、そのとき清司は別の方向を見ていた。

清司らが作業をしているのは地上から十メートル近くも下の現場だ。そこから見ると地面までは崖のようだ。掘削面を杭と柵で養生しながら工事は進むが、まだ土が剥

き出しのままの場所もある。柵には鉄骨が渡されて、作業用の道が造られ、上の階でも作業が進む。床がないので上で作業する者の姿はよく見えて、地上に立つ者はシルエットのようだった。地上では警告用の赤色灯が回っていて、光が当たったときにだけ地上に立つ者の姿が明かりに浮かぶ。

そこに、工事業者とは明らかに違う服装の人物が立っている。白髪頭に髭を蓄え、正面に杖をついていた。着ているのはスーツのようで、お偉いさんが会合へ向かう服装みたいだ。はて？　こんな時間に視察もないものだと考えていると、

「何かあったんかな」

と、爺さんがまた言った。

彼が押していく猫車にシャベルで土を積み上げてやって、清司は、

「ほら、手を止めていると怒鳴られるよ」

爺さんを土捨て場へと追いやった。チラリと頭上に目をやると、作業着ではない人物が増えている。赤色灯が彼らを照らし、見覚えのある青年が浮かんで消えた。誰だったっけ、と考えながら見ていると、次に赤色灯が照らし出したのは若い女性の姿であった。「……あ」と、清司はシャベルを止めた。

「堀北さん？」

土にシャベルを刺して立て、もっとよく見える場所へと移動した。彼女に見て欲しかった写真が手帳に挟んでポケットにある。堀北さんはこんな時間に、あんなところで何をやっているんだろう。役所勤めと言っていたから、開発工事と関わりのある仕事だろうか。

清司は足元の悪い現場を進み、地上へと続く坂の下まで急いだ。

清司が懸命に進んでいるとき、鵜野重三郎こと永田哲夫は、眼下に穿(うが)たれた巨大で深い穴を見下ろしていた。鋼材と瓦礫と土しかない現場では、手ぬぐいを額に巻いたり、ヘルメットを被(かぶ)ったりした男たちが、泥と汗にまみれて働いている。その光景は、記憶の彼方(かなた)へ追いやったはずの昭和を生々しく思い出させた。こうして建ったビルもすでに取り壊されて、この場所には近代的な高層ビルが建っている。鵜野重三郎として生きた年月のほうがもはや長くなったというのに、柏村に会ってみれば、自分が何者であろうとしていたかが否応(いやおう)なしに思い出された。自分よりも若い柏村の、一直線で曇りのない目。愚直なまでの仕事ぶり。若き自分がもどかしいと嗤(わら)った老警官の生き様を改めて目にすると、取り戻したかった日々の物凄(ものすご)さが胸に迫って、屍臭(ししゅう)にまみれて生きてきた自分の惨めさを突きつけられた。明野のジジイを殺しても、染みついた屍臭は消えることがないと彼は悟った。

刑事を夢見た自分はどこだ。難事件を解決し、悪い奴らを一掃し、勲功賞や功労賞を授与される自分になるはずだった。けれど実際は別人になり、死体にまみれた半生を送った。事業は成功を収めたが、自分ならなにを生業にしても成功したのであって、警察官でもそれは同じだったはず。中野駅近くの公園で人を殺してしまったときに、刑事の哲夫は死んだのだ。なにもかもが無になった。

そのことがようやく腑に落ちた。もう一度彼を生き返らせてやるつもりだったが、今はそれすら無為に思える。ここにあるのは過ぎ去った昭和だ。すでに消費し尽くした過去だ。もう一度ここからやり直すと考えるだけで億劫になり、悪意の中を這いずり回って生きてきた自分には、気力も体力もすでに残っていないことを知る。この時代の永田が罪を犯さず、刑事として大成し、結果として今の自分が健康な体になったとしても、その先に何があるだろう。彼は思った。そうか……老いるとはこういうことなのか。いつの間に自分は、これほど老いてしまったのだろうか。

「永田哲夫！」

若い刑事の声がした。肩越しに後ろを見ると、階段から突き落とした女も近くへ来ていた。服に血が付いているからケガをしているはずなのに、自力で立っていることに驚いた。永田が見てきた女たちは、ほとんどがだらしなく弛緩して、死んで腐りかけていた。そうしたイメージが強すぎて、永田は女を生きた人間と感じることができなくなった。この娘も階段から突き落としたときに死んでいたはずだ。けれど彼女はそこにいて、強い眼差しで自分を見ている。不思議なことだとぼんやり思った。

「傷害の現行犯で逮捕する」

若い刑事はそう言った。永田は二人に向き直り、口を大きく開けて笑った。

「この時代に私はいない。いるのは若い俺だけだ。令和で私が犯した罪はない。なんの証拠もないはずだ」

「堀北恵平巡査に加えた暴行は申し開きができないぞ」

「私が被害者です。一緒に来てください」

娘の額に血が垂れている。両手からも出血し、それが衣服を汚している。体中が埃まみれで、片足を引きずっている。それでも真っ直ぐ自分を見ている。

「私を逮捕してどうするね？　この世界にきみたちは存在しない。逮捕して、どこへ連れて行くつもりかね？」

「関係ねえんだよ！」

と、平野は叫んだ。

「俺たちは警察官だ。おまえのような人間から国民を守るのが使命なんだよ」

「永田さん。そしてあなたも国民です。私たちは犯罪者に罰を与えるためではなくて、更生を促すために拘束するんです」

「きみたちは昭和の警官じゃない」

「バカ言え、どこにいようと同じじゃねえか——」

平野は伸縮自在の特殊警棒を伸ばした。

「——使命に誓いを立てた瞬間から、俺たちは警察官だ。肩書きの問題じゃねえぞ？生き様の問題なんだよ」

「永田さん、そこは危険です。どうかこっちへ来てください」

娘が傷だらけの手を伸ばしてくる。階段に打ち付けたせいで出血し、手のひらが紫色になっている。それは生きた体の変化だ。死体は何をされようと黙っているが、娘の体は生きていて、痛みや苦しみを訴えている。永田はそれが不思議でしかたがない。痛み、苦しみ、悶(もだ)えて、耐えて、それでも人は、どうして生きていこうとするのだろうか。

「永田くん！」

柏村が走って来て二人と並んだ。

親父(おや)っさんは、こいつらの言葉を聞いただろうか。そして俺と比べるだろうか。

瞬間、永田は踵(きびす)を返して工事現場へ向かう板敷きの坂を下り始めた。泥と砂で汚れた板道に高価な革靴はひとたまりもなく、すぐに滑って尻餅(しりもち)をつき、そのまま滑り落ちていく。途中で杖(つえ)はどこかに消えて、ようやく立ち上がったとき、下から板の道を上がって来る作業員とぶつかりそうになった。その先で穴を掘っている。岩盤に突き当たったとき穿孔(せんこう)して破壊するためのダイナマイトが置いてある。永田は板敷きの道を外れて土砂の上に立ち、そのまま坂を駆け下りた。

「ちくしょう、逃がすか」

言うが早いか平野も坂を下りようとして、永田と同じに滑って転んだ。すぐ立ち上がって体勢を整える。恵平と柏村も後を追う。永田は杖を落としていった。もう武器を持っていない。ならば先輩と二人で取り押さえ……その後のことはそれから決めよう。地上で回っていた赤色灯がスピードを上げた。サイレンの音がして、作業員たちの動きが止まった。永田は地階の現場に着いた。近くの作業員を突き飛ばし、現場の奥へ走ってなにかを盗(と)った。恵平は心臓に痛みを感じた。崩落事故の原因は永田だったと直感が言う。すべてはつながっていたのだと。

「作業員に避難命令を出してもらった」

柏村が言って、平野が訊いた。

「サイレン鳴るだけ？　緊急用のアナウンスとか、ないんすか」

「そうだ。致し方ない」

もどかしい。もどかしいけれど仕方がない。サイレンだけでは伝わらない。一刻も早く逃げないと、犠牲者の数が増えるというのに。

「堀北さんっ！」

坂の下から来た者が、突然恵平の名前を呼んだ。ヘルメットの下に覗いた泥まみれの顔から泥を省いて連想すると、それが堀北清司とわかった。『お祖父ちゃん』と呼びそうになって、恵平は口を押さえた。平野はかまわず道を下り、永田を追っていく。

柏村も恵平を追い越しながら、

「逃げなさい」

と清司に言った。清司は柏村たちを目で追ってから、恵平に訊いた。

「なにをやっているんですか、こんなとこ……血が……堀北さん、ケガしているじゃないですかっ」

恵平は若い祖父の腕に手を置くと、

「逃げてください。間もなく崩落事故が起きます」

と短く告げた。そして地階へ向かおうとしたとき、清司は恵平を引き留めた。

「待ってください。崩落事故って」

「間もなく事故が起きる。サイレンはその知らせです。はやく逃げて」

振り切ろうとするとまた腕を摑まれる。

「じゃあ堀北さんはなぜ逃げない？　下へ行った紳士は誰です」

ああもうっ！　恵平は心で叫び、清司に伝えた。

「私たちは警察官です。被疑者を追っているんです。あなたは逃げて、足手まといよ！」

酷いことを言ったと思いつつ、彼を残して永田を追った。走りながら大声で、

「逃げて！　早く避難してください！」

と周囲に叫ぶ。自分が希望するよりずっと、作業員たちの動作は緩慢だ。人は危険を目の当たりにしないと逃げないのか。ゴロゴロした土の坂を下りながら、恵平は、彼らの手を引っ張って坂を駆け上がる自分を想像した。私がここに何人もいて、みんなを急かして逃がせたらいいのに！

「逃げて！　早く逃げて！　早く！　逃げてーっ！」

声を嗄らしながら危険な場所へと駆けていく。平野の背中はもう見えず、掘削現場の地底に着くと現場用照明の光に目を射貫かれて一瞬だけ足が止まった。そこは掘削中の大穴で、照明もすべてを照らし切れずに、見えない場所が多かった。作業員たちは休憩に向かうときのようにのんびり動き、その場に立ってなにかを見ている者もいる。彼らの視線の先にいたのが平野で、平野の前には柏村が、そして逆光で見えない場所に永田の革靴が確認できた。永田は柏村や平野と向き合うように立っている。恵平はひと呼吸してそちらへ向かった。野次馬と化した作業員らの肩に手をかけて、

「避難してください。ここは危険です」

と告げると、誰もが驚いた顔で恵平を見る。場違いな場所に場違いな小娘が来て、その小娘は血だらけで、自分たちに逃げろと告げる。目の前では警察官が身なりのいい紳士と対峙している。これは一体何なのかと、彼らは考えているのだろう。警察官の装備なしの自分では、言葉の重みが伝わらない。恵平は警察手帳を出して見せ、

「逃げてください」と、また言った。

「早く！　逃げて！　死にたいのっ？」

ようやく動き始めた作業員らを追い立てながら振り向くと、永田は穴の奥にいて、細く巻いた筒のようなものを胸のあたりで握っていた。

「……ダイナマイトだ」

と、平野が言う。

「え」

「工事用のブツをかすめとり、そこで逃げ場を失ったんだ。柏村さんが説得している」

浦野の調書で目にした写真が恵平の脳裏によみがえる。恐れていたことがこれから起きる。それが、まさか、こんなふうに起きていたとは。

「どうした永田くん、きみらしくもない」

柏村が永田と話している。うら交番でほうじ茶を淹れてくれるときのように穏やかな声で、けれど背中で恵平たちに手を振って『早く逃げろ』と合図をしている。

柏村は覚悟を決めたのだ。ここで永田と死ぬつもりだろうか。もしもそれを止められたなら、未来も変わってしまうのか。自分たちはどうするべきか。恵平は何千倍もの早さで脳を動かす。答えは出ない。

「きみは優秀な男じゃないか。なぜここで自暴自棄になる？」

恵平は平野の隣に立った。照明の内側に入ってしまえば、永田の顔がよく見える。さっきまでとは全く違う、どこか達観した表情だ。凪のようなその表情に恵平は背筋が寒くなる。あの顔を知っている。同じ表情を見たことがある。重大犯罪を起こす直前に被疑者が見せる表情だ。自己が意識と乖離して、滾る殺意を別次元に飛ばし、抜け殻のように見せた顔。行為を実行するまでは誰の声も届かない顔だ。

永田は柏村の声を聞いていない。もはや実行しか考えていない。それは、

「……自死」

と、恵平は静かに言った。

「彼は自殺するつもりです」

「なに」

平野は恵平を振り向くと、眉間に縦皺を刻んで「げ」と唸った。

「堀北さん」

その声には恵平もギョッとした。清司が後ろに立っている。あれほど逃げろと言ったのに、彼は自分を追ってきたのだ。清司は永田と柏村を見て、永田が手にしたものに驚愕して叫んだ。

「なにしてるんだ、バカなことはやめろ！」

永田の瞳が熱を持つ。彼は口元に笑いを浮かべ、瞬間、柏村は永田に向けて銃を構えた。

「永田くん。それを下に置きなさい。無駄死にしようというのかね？　きみの半生も

無駄にするのか、これがきみの望んだ結末か」

永田は何も答えない。とても不味い状況だ。

「やめさせないと」

と、清司は言った。

「無理だ。柏村さんに任せて後ろへ下がれ」

平野の言葉に清司はなおも、

「あの場所で爆発すると大変ですよ。あそこは上に地面があるから」

前に出ようとするのを恵平が止めた。

「だから逃げてと言ったのに」

「堀北さんを残して行くなんて、そんなことできるわけないじゃないですか」

清司は真っ直ぐな目をして胸を張る。

「野上警察署の刑事たちは、身を粉にしてきみの行方を捜しているぞ。居眠り課長も
それは同じだ。そしてみんなは、きみの変化に気がついていたぞ」

「嘘を言え」

と、永田はようやく答えた。

「俺は上手くやっていた。誰かにバレたはずはない」

「そうではない。みな知っていた。飯岡英喜の事件後に、きみの様子が明らかにおかしくなったと思っていたさ。もちろん私もわかっていた。若いきみを床下に潜らせたことを後悔している。配慮が足りなかった。許してくれ」

「配慮？　はっ、笑わせるな」

永田は導火線に火を点けた。暗がりにバチバチと火花が散って、白い煙が宙を舞う。

「そのせいできみを苦しめた。私はきみを立派な刑事に育て上げようと思っていた。血気盛んな警察官を死なせたくなかった。だから現場のことを教えたいと思った。無駄死にさせたくなかったからだが、傲慢だった」

恵平は、永田が泣いているのに気がついた。

「人は誰でも過ちを犯す。警察官でもそれは同じだ。きみの過ちは、自分だけは罪を犯すはずがないと信じたことだよ」

永田は唇を嚙んでいる。張りを失った両頰を滂沱の涙が濡らしているが、ダイナマイトを放そうとはしない。今さら遅いと、永田の顔が語っている。

「導火線を抜きなさい。過ちを償おうとしていたことはわかっている。年商一千億を超える会社はな、儲け主義だけでは立ちゆくはずがないからな」

「うわあーっ、あああああっ！」

永田が大声を上げたとき、パン！　と一発、銃声が響いた。

柏村が永田を撃ったのだ。だが彼は、ダイナマイトを放すことなく頽れた。柏村が駆け寄って奪おうとするも、全身が激しく痙攣していて奪えない。導火線もうまく抜けない。恵平が叫ぶ。

「筋肉が硬直する病気なんです」

「逃げなさい！　早く逃げなさい！」

柏村は自分の上着を脱ぐと、永田の患部に着せかけた。永田は体の硬直が解けず、導火線はますます短くなっていく。

「行きなさい。永田哲夫は私の部下だ」

「クソ！」

と平野は吐き捨てて、恵平と清司を追い立てた。

導火線が燃え進む微かな音がステレオの重低音のように聞こえる。崖さながらにそそり立つ壁の上では赤色灯が絶望的な早さで回っている。下りるだけでも大変だったのに、とても上には逃れられない。

「そっちじゃない、こっちだ、こっち！」

そのとき清司が二人に叫んだ。腕を振り回して誘っている。

「通路がある。そこなら壁を固めてある」

横穴の手前で立ち止まり、恵平と平野を先に行かせた。自分も飛び込んで、

「走れ」と怒鳴る。

「行け！　行け！　走れーっ！」

恵平は呼吸が乱れ、喉から血の味がした。全速力で走ったつもりが坑道内は暗く、しかも様々な材料が置いてある。パイプを踏んで転びそうになったとき、平野に腕を支えられ、体勢を立て直してさらに走った。所々に明かりがあって、明暗が交互にやって来る。何分も走ったような気がしたが、鼓膜を破りそうな爆発音と衝撃波で吹き飛ばされたとき、わずか数十秒のことだと知った。

平野が覆い被さってきて恵平の頭を抱えた。積み上げられた鉄骨の脇に二人で倒れ、地面に頬をこすりつけて目を閉じていると、パラパラと小石が降ってきて、続く衝撃で世界が揺れた。ゴゴゴ……と震動がして何かが激しくぶつかる音がし、バチバチバチ！　と火花が散って、すぐにあたりが真っ暗になった。意識が飛ぶ直前、すべてはスローモーションのように見え、中空に散った火花のビジョンが目に焼き付いた。闇が訪れ、過ぎ去ったとき、降ってくる小石は雨あられのような早さに戻り、口の中がジャリジャリとして、髪や体に積もった砂の重みや、一瞬の熱波で黒焦げにされたと

いう不快な感覚が戻ってきた。

恵平は闇の中で息を吸う。肋骨にヒビが入っているのか、痛みで息をするのが辛かった。目を動かすと、少し向こうに、ほんの微かな明かりが見えた。手前に瓦礫が積み上がり、明かりを遮っているようだ。この穴は地上に続いているのだろうか。それとも自分たちは閉じ込められたのか。柏村たちがどうなったかは、想像するのをやめた。調書に貼られた白黒写真を、今、自分たちはこの目で見ているのだと思った。視線を返せば真っ暗闇で、背中に平野の重みを感じた。

恐る恐る恵平は呼んだ。かすれた声になっていた。

「平野先輩……清司さん……」

平野は動き、体を起こして、静かな声で、

「俺は無事だ」

と、答えてくれた。

体の上から重みが退いて、眩しいほどの明かりが点いた。平野がスマホのライトを点けたのだ。無事だと平野は言ったけど、砂まみれになった髪の毛が血でベットリと濡れていた。埃と土が血を吸って、首のあたりから背中に流れ込んでいく。

「大変、ケガしています」

「大げさに騒ぐな、頭は出血しやすいんだよ」

平野は言って、背後を照らした。清司の返答は聞こえない。

「清司さん？」

と、再び呼ぶと、

「……大丈夫です」

と、声がした。

平野が向けた明かりには、崩落した横穴内部が映し出された。落ちてきた天井の一部がコンクリートの板となり、もうもうと立ち上る埃で霞んでいる。やがて清司のヘルメットが見え、背後に瓦礫が迫っていた。平野は体を起こしたが、立ち上がることはしなかった。三人がいるのは鉄筋がブロックしてくれたわずかな隙間で、そこから上には鉄のパネルやコンクリートの破片が積み重なっている。平野は明かりで恵平を照らす。恵平は自分の両手両足を動かしてみた。ペイさんの靴がしっかり足を守ってくれたし、肋骨の痛みについては黙っていた。生きているだけで充分だ。

「ケッペーはどうだ？　ケガしなかったか」

平野に訊かれて「はい」と答えた。

「でも先輩は……」

「だから平気だって言ってんだろうが」

額から血を流しながら言う。拭ってやりたかったがなにもない。恵平は尻ポケットに手を入れてポケットティッシュを抜き出した。数枚抜いて平野の額に当てる。それで自分の血を拭いながら、平野は清司に明かりを向けて、

「む」

と、深刻そうな声で唸った。

「え、どうしたんです？」

明かりに清司の顔が浮かんでいる。ヘルメットのおかげでキズはない。彼は地面に這いつくばっているが、恵平に顔を向けると苦しそうにニヤリと笑った。

平野は清司の背中に覆い被さって、腰の脇まで移動した。

「ヤバいぞ」

と言うと、清司は笑った。

「脚を挟まれてしまいました」

「抜けないんですか？」

恵平は平野に問うた。平野は返事の代わりに患部をライトで照らして見せた。清司の脚は、膝から下が瓦礫に埋もれて見えない。膝で酷く出血していて、その先に足が

残されているかもわからなかった。

「とにかく血を止めないと」

そう言って平野は手を伸ばし、自分のスマホを恵平に渡した。体をまさぐって止血に適した何かを探し、首のあたりで手を止めて警察手帳を引っ張り出した。警察官の魂である警察手帳は、紛失しないように紐でグルグル巻きになっている。平野はその紐を解き、警察手帳を上着のポケットに入れると清司の脚をきつく縛った。

「大丈夫ですよ。すぐに助けが来ますからね」

恵平が清司の手を握って言うと、彼は泣き顔で微笑んだ。

「堀北さんは警察官だったんですねえ……ぼくはてっきり……区役所かどこかで働いているものだとばかり」

「ええ。実は……まだなりたての警察官です」

「それで謎が解けました。だから堀北さんたちは柏村さんの交番へ来ていたんですね」

恵平は平野を見た。平野は首を横に振っている。キズは相当深いのだ。でも、お祖父ちゃんはここでは死なない。お祖母ちゃんと結婚し、長野で診療所を開くのだから。

「……そうか――……じゃあ、ダメかなあ……」

清司は呟く。ぼくが交際を申し込んでも、と、続く言葉は口に出さない。

「ダメなんてことありません。私……そうだ」

勘違いしたままで、恵平は清司を励まそうと平野を見た。

「この奥に明かりが見えました。外に出て助けを呼べば」

「待て、俺が行く」

と、平野は言った。

「ここは鉄筋がバリケードしていて安全だが、先はわからない。彼を頼む。俺が見てくる」

平野は上着を脱いで清司に着せかけ、再び彼を跨いで恵平の近くまで来た。そして清司には聞こえないように、恵平だけに囁いた。

「祖父ちゃんはケッペーに気があるんだよ。そばで励ましてやってくれ」

薄着で先へ行こうとするので、恵平は平野の行く手をスマホで照らした。

「照らさなくても大丈夫だ。たしかに明かりが見えている」

平野が言うのでライトを消した。バッテリーを無駄にはできない。床をまさぐって清司を探し、手を握る。

「痛いですか？」

訊くと清司は「いいえ」と答えた。そして、

「堀北さんたちが追いかけていた人は、なんなんですか？　柏村さんは……ダメだったでしょうね」

と、悲しそうに呟いた。恵平は、彼が新聞記者を目指していたことを想った。

「凶悪事件の容疑者で、柏村さんがずっと救いたいと思っていた人でした。記事にしますか？　独占記事が書けますね」

清司は笑ったようだった。

「記事ならなんでも書けると思っていたけど、これは記事にできそうにありません。知らない人のことを調べて書くのとは違います。しかも柏村さんが凶悪犯を救おうとしていたなんて……どういうことかわからないけど、この有様じゃ……結局のところ、その人を救うことはできなかったわけですね」

「いいえ。救えたんだと思います」

恵平は答えた。自分だって詳しいことはわからない。本当のこともわからない。けれどあの瞬間に柏村は言った。永田哲夫は私の部下だと。永田もそれを聞いたはず。だって、そうでないのなら、私たちはなぜここにいるのか。うら交番を知って命を落とした警察官たちは、なぜこちらの世界へ呼ばれたというのか。そんな不条理は許せないから、柏村は永田を救い、自分自身も救われたのだと思いたい。

「ケッペー！」

先から平野の声がする。

「ケッペー、来てくれ！」

恵平は清司がいる闇を見た。

「行ってください」

つないでいた手を彼が放したので、恵平はヘルメットの近くに顔を寄せ、

「すぐ戻ります」

と、清司に言った。そして手探りで瓦礫を除けながら、平野が進んだほうへ向かった。先を確かめてから相応の隙間を選んで体をねじ込む。平野より細身の恵平は、あまり苦労することなく彼がいる空間まで辿り着けた。その先にやはり明かりがあって、それは二メートルほど先から漏れてくる。こちらの現場の照明とは違い、目を射貫くような鋭い光だ。

平野がじっと恵平を見る。

「どう思う？」

恵平は胸が躍った。平野が何を言いたいか、すぐにわかったからだった。

「あれは向こうの明かりです。きっとそうです。間違いないです」

「だよな。俺もそう思う」

あそこから向こうへ帰れる。そこに令和が待っている。

恵平は東京駅に感謝したくなった。けれど平野はその場所から進めない。わずか二メートルだけなのに、瓦礫の隙間があまりに狭いからだった。崩れてきたのは岩と、鉄のパネルと、コンクリート片だ。しかも床には土が積もっている。確認できる隙間は頭くらいの幅しかないけれど、土を掘ったら行けるのではないか。平野が言う。

「ケッペーは特技があったろ?」

肩の関節を外せることを言っているのだ。幼い頃から野山で遊び、隙間が大好きな恵平は、肩の関節を自在に外すことが可能だ。役にも立たない特技だが、平野はそれを活かせと言うのだ。

恵平は光を見つめた。そう。隙間は頭が入るぐらいだ。平野には無理だが、自分なら行ける。けれど平野をここに置いていくのは心配だ。

「このままだとケッペーの祖父ちゃんが保たないぞ。向こうに水品とピーチがいる。行って助けを呼んでくれ」

「お祖父ちゃんを令和に連れて行くんですか?」

「俺たちのせいで何かが狂ったのかもしれない。祖父ちゃんのケガは深刻だ。ここで祖父ちゃんが死んじまったら、ケッペーは生まれてこないんだぞ」

「その場合はどうなるんですか」

「俺に訊いてもわかるかよ。祖父ちゃんが死んだ瞬間に、ケッペーも消えちまうとか」

平野は苦しそうに言う。恵平は頭が混乱したが、このままでは誰も助からない。それは事実だ。でも、自分は警察官だから、清司も平野も救わねばならない。

「行け。行ってピーチに知らせろ」

「わかりました」

と、答えたとき、天井からパラパラと砂が落ちてきた。崩落は収まっていないのだ。平野にも祖父にも危険が迫っている。

「行け」

恵平は肌身離さず持っていたメリーさんのお守りを外した。それを平野の首に掛け、回した腕で平野を抱いた。平野の腕が背中に回り、強く恵平を抱きしめる。一瞬の抱擁のあとで身を翻そうとすると、

「待て。これを持って行け」

平野は自分のスマホを恵平に握らせた。

「鶴野重三郎が『匣』の黒幕だった証拠が入ってる。助けを呼んだらピーチに渡せ」

「先輩が自分で……」

「早く行けって！」

恵平はそれを懐に入れた。自分が進む先にあるのは通り抜けられるとはとても思えない空間だ。ビルの隙間で近道したり、肉屋の工場で物置台の隙間に入り込んだりしてきたけれど、これほど恐ろしくてタイトな隙間は見たことがない。

肋骨の痛みを堪えて息を吸い、グギ！　と音を立てて関節を外した。そして頭頂部で土を掘りながら、ひとつ目の隙間をかいくぐった。光は前方から漏れてくる。ひとつ抜けると周囲を見回し、体が入れる隙間を探した。ゴゴゴ……と低い音がして、不安になるたび恵平は、自分は蛇だと自分に言った。自分はヘビだ、カネチョロだ、だから隙間は怖くない。そして関節を外したままで、隙間から隙間へと突進して行った。穴に残してきた二人を思うと焦りで泣きたくなってくる。神様、どうか。神様、お願い。早く、早く、早く……その先で関節を戻し、石をどけると手が痛かった。息をするたび肋骨が軋むが、それでも恵平は先へ行く。早く。早く。早く。早く……注意力が散漫になったわずかな隙に、鉄骨の角に頭をぶつけて額を切った。流れる血が目に入っても、恵平は止まらない。先には令和の明かりが煌々と照っている。積もった土を素手で掘り、わずかな隙間に体を入れた。すると、唐突に向こうの声が聞こえた。

「平野ー！　堀北ーっ！」

　桃田が叫ぶ声だった。

　恵平が瓦礫の隙間に消えると、平野は清司の許まで引き返した。恵平には一部しか見せなかったが、清司の脚は二本とも、膝から下が潰されていた。警察手帳の紐で縛ってはみたが、出血が止まらなければ命に関わる。脚はどちらもダメだろう。

　平野は地面を這って清司のそばまで近づくと、ぐったりしている彼のヘルメットを脱がせてやった。

「……ああ……呼吸が楽になりました」

　と、清司は言った。

「よかった。ケッペーが人を呼びに行ってるからな。助けが来るまでがんばれよ」

「……親しいんですね」

「あ？」

「堀北さんと……ケッペーって」

「ああ」

平野は癖で前髪を掻き上げた。手のひらにジャリジャリと砂が付き、小石のようなものが降ってきた。清司に掛けてやった自分の上着を引き上げて、手探りで彼の呼吸を確かめた。苦しそうに口で息をしている。

「あいつは俺の後輩なんだよ。でも、それだけだ」

「そうですか……実は……あなたにお願いが……」

清司が腕を動かす気配がしたので、平野はそちらに目を凝らした。だいぶ目が慣れたとはいえ、暗すぎてほとんど何も見えない。肩から先へと清司の腕を探っていって、ポケットから何か出そうとしていたことを知る。

「ここか？　何か出すのか？」

「そうです。手帳を」

小さな手帳が入っている。苦労して引っ張り出すと、清司は言った。

「間に写真が挟んであります。もしも助かったら、それを堀北さんに渡してください。初めて写真館で撮ったものです。ただの見本なんですけど」

「本物は？」

「聞いたら値段が高すぎて、まだ注文してないんです」

清司は笑い、平野も笑った。

「でも、どうです？　いい写真でしょ」

暗すぎて見えなかったが、平野は答えた。

「そうだな、男前に撮れている」

ゴゴゴ……と地面が震動している。何かが崩れる音がして、清司は「ぎゃ」と、悲鳴を上げた。足から下がまた潰されたのだ。平野は彼に覆い被さり、心の中で一心に祈った。頼むケッペー、逃げてくれ。無事に地上へ出てくれと。


声が聞こえる。ピーチ先輩が私を呼んでる。

その声は、恵平に百万力を与えた。鼻や口に砂や土が入ってもかまわずに、恵平は光を目指した。肩が瓦礫に擦れようとも、呼吸で痛みを感じようとも、止まる気はなかった。そして最後の隙間を抜けたとき、そこには信じられない光景がひろがっていた。恵平は、山のように瓦礫が積み上がった場所の中間あたりから、解体現場のような場所に抜け出したのだった。凄まじい光で照っているのは現代の工事現場で使われるバルーン照明だ。地下道は頭上にポッカリと穴が空き、オレンジ色の救護服を着た人々が瓦礫の間で作業をしていた。救助犬が活動し、傷ついた作業員が担架に乗せられて運ばれていく。

「平野ーっ！　堀北ーっ！」

呼ぶ声は随所から聞こえ、作業服姿の警察官らが瓦礫の隙間に明かりを向けて恵平たちを捜していた。

「ピーチ先輩！　水品さん！」

肋骨が折れるくらいの大声で、恵平は助けを呼んだ。救助犬が顔を上げて吠え、いくつかの明かりが自分に向いた。そのとたん、恵平は頽れた。

「堀北！」

桃田の声だ。

「堀北です。堀北がいました！　堀北を発見！」

桃田と水品が駆けてくる。同じ服装なのでわからなかったが、生活安全課の牧島刑事や、池田巡査部長の姿まである。あっちの太いのは山川だ。伊倉巡査部長もいる。丸の内西署の警察官たちが総出で現場にいるようだった。

桃田が近くへ来てくれたとき、恵平は自分が這い出してきた隙間を指した。

「平野先輩がまだ中に」

桃田は手を挙げて応援を呼んだ。

「平野はここです！　平野はここだ！」

叫んだそばから地面が揺れた。救助隊はしゃがみ込み、桃田と水品が恵平を庇う。揺れが収まると装備をした者たちが駆けてきて、恵平は立たされ、抱えられてその場から引き離されそうになった。

「待ってください。先輩がまだ中に」

「わかってる」

と、桃田が言った。

「平野さんもすぐ助けますから、堀北さんはキズの手当を」

水品も言う。それにしてもこれは一体どういうことか。恵平は全身が激しく震え始めた。今頃になって抑え込んでいた恐怖に襲われたのだ。喋ろうとすると砂を噛み、両手はパンパンに腫れ上がり、爪から血が滲んでいた。

厭だ、こんなことは許されない。先輩がまだ中にいて、私がここにいるなんてことは。先輩は、だって平野先輩は、私のせいでうら交番へ行ったのだから。

戻ろうとして、桃田と水品に抱き留められた。丸の内西署のみんなが駆け寄ってきて、「大丈夫か」と口々に訊く。引きずられるようにして瓦礫の現場を離れると、誰かが毛布で包んでくれて、池田マリ子巡査部長がペットボトルの水をくれた。礼を言う代わりに頭を下げて、水を口に含んで吐き出すと、泥と土と血が地面に落ちた。何度か口をすすいでから、ようやく恵平は仲間たちに訊いた。

「何があったんですか」

「陥没事故だよ。地下道の下でも工事をしていて、突然地面が落ちたんだ。堀北と平野が入って三十分くらいしてからだ」

「ぼくたちは外で見張ってたんですが、誰も出てこないし、そのうちに工事関係者がやって来たので、頼んで中を見に行ったんです」

「誰もいなかったんだ」

と、桃田が言った。

「私たち……うら交番へ……」

桃田と水品は顔を見合わせて、桃田が言った。

「そうじゃないかと思ってた」

「鶫野重三郎を追って行ったんです。そしたら向こうはちょうどあの日で」

「あ、あの日って？」

恵平はすがるような目で桃田を見上げた。興奮と恐怖で涙が溢（あふ）れそうだったけど、平野たちの無事を確かめるまでは泣けない。

「昭和三十五年の八月十二日です。柏村さんが殉職した日です」

桃田はあんぐり口を開け、そして、すぐさま真顔になった。

「まさか、その事件に巻き込まれたの？」

恵平は頷いた。説明することはまだできない。あまりに動揺していたし、頭の中は平野たちのことで一杯だ。桃田もそれを察してか、こちらの話に切り替えた。

「工事を始めるというので、ぼくらは一旦外へ出たんだ。浅川さんや伊藤さんに電話して、十分後くらいに地震があって」

「正確には地震じゃなくて、地下が崩落する音だったんです」

「あとはご覧の通りだよ」

改めて現場を見ると、車道の一部と地下道入口の周辺が、十五メートル四方に渡って陥没していた。深さは五、六メートルといったところか。地下道の屋根や壁、階段や、仮囲いの鉄管や養生ネット、内部に置かれた資材などが、ぐしゃぐしゃになって散らばっている。

「作業員も巻き込まれたんだ。すぐ各方面に連絡し、水品刑事と救助に当たったんだけど、堀北と平野の姿はなかった」

「二人が鵜野重三郎を追って地下道に入ったことは捜査本部にも伝えてあります」

恵平は懐に手を入れて平野から預かったスマホを出した。桃田に渡す。

「平野先輩の携帯です。鵜野重三郎が柏村さんに自白したところが映っています。パスワードは……ああ、どうしよう。パスワードは？」

「SANZOだ。心臓、腎臓、肝臓って、平野三兄弟の名前をディスって決めたと笑っていたから」

だから平野はスマホを桃田に渡せと言ったのだ。恵平は心配で胸が張り裂けそうだった。桃田はパスワードを打ち込んで、ビデオ映像を呼び出した。

——生きていたのか。やはり、生きていたんだな？——

柏村の声がした。生きた柏村が昭和で語る声である。桃田も水品もなにも言わない。スマホに浮かぶうら交番を、信じられないという面持ちで見つめている。

——『溶ける薬』を注射した……ジジイは中からも外からも溶けて死んだんだ——

その時の会話を聞きながら、恵平は平野を掘り出そうとしている救助隊の姿を見守っていた。小型の重機が導入されて、慎重に瓦礫が取り除かれていく。その場所に光が向けられて、真昼よりもまだ明るい。向こう側ではさっきの揺れで天井が崩れていないだろうか。過去と現在をつなぐルートがもしも遮断されてしまったら。

いても立ってもいられずに、恵平は毛布を外して立ち上がる。

「ダメですよ。堀北さんは病院へ行かないと」

「そんなことできない」

「平野のことはこっちに任せて病院へ行くんだ」

スマホを切って桃田も言った。

「正直に言うけど、堀北は酷い姿だよ。きちんと検査したほうがいい。たぶん今は気が立っていて、自分の状態がわからないんだ」

「絶対イヤです。先輩の顔を見るまでは一歩もここを動きません」

桃田と水品は溜息を吐き、恵平の肩に手を置いた。

瓦礫はどんどん取り除かれていく。それでも平野は現れない。恵平は全身が心臓になったような気がした。お願い、早く……こんなこと、もう耐えられない。救助隊員は光の中にいる。その周囲を丸の内西署の警察官らが取り囲み、出てくる瓦礫を除けていく。早く……お願い、神様、どうか……。

そのとき、隊員らの動きが止まった。

穴に一番近い一人が手を挙げて、そしてあたりは静かになった。

恵平は歩き出す。桃田と水品もついてくる。

山になった瓦礫の上に恵平が抜け出してきた穴があり、周辺の瓦礫が取り除かれて、隊員が腰のあたりまで入り込んでいく。光がそこを照らしている。別の一人がやってきて、四つん這いで穴に入り、一緒に何かを引っ張り出した。ああ、平野先輩！

恵平は見た。

それはクシャクシャになった平野の上着で、泥と血にまみれていた。隊員はポケットに手を入れて何かを取り出し、取り出した物を頭上にかざした。警察手帳のエンブレムが鋭く光を反射する。平野はいない。

「そこを捜せ！」

と、救助隊員が叫ぶ。そのとき再び地面が揺れて、隊員たちはその場を逃げ出し、積み上がった瓦礫が大音響とともに地下へ落下していった。

土煙であたりはかすみ、恵平は意識を失った。

第七章　ジンクス

気がつくと救急車の中だった。

そばに桃田が座っていて、恵平は救急救命士から応急処置を受けていた。平野先輩は？　と、訊く前に、恵平は桃田の表情を見て答えを知った。赤いフレームの眼鏡の奥で、桃田の眼差し（まなざ）はいつになく厳しく、恵平をただじっと見つめている。

「○×病院で受け入れ可能。了解、そちらへ向かいます」

赤色灯が点（とも）されてサイレンが鳴り、救急車が動き出す。窓に現場の光が乱反射して、外の喧騒（けんそう）がまだ聞こえ、それらが次第に遠ざかり、恵平の心は空虚になった。救急救命士が恵平の目にライトを当てて、

「見えますか？」

と、訊（き）いてくる。恵平は眼球だけで頷いた。腕に巻かれた血圧計、首に二本指を当て、救急救命士は「大丈夫ですよ」と、桃田に言った。

「肋骨が折れているかもしれません。患部が腫れてきています。あと、手指は消毒しておきますが……破傷風が怖いですから……」

自分のことを話しているようには思えなかった。恵平は、救助隊員が掲げた警察手帳のエンブレムが、強い光の中で真っ白に輝いた様を何度も繰り返し脳裏で見ていた。平野先輩は見つかったろうか。そして平野たちがいた場所のことを思い返して絶望的な気分になった。数トンもあろうかという鉄骨や、コンクリートの塊のわずかな隙間に二人はいたのだ。そしてそれらが崩れて落ちた。

「うっ」

恵平は急激に上体を起こして、救急救命士が差し出した膿盆に少しだけ血を吐いた。

桃田が心配して「堀北」と呼ぶ。

「上着は血を吸って重くなっていた。あと……地下で人体の一部がみつかった」

恵平はついに泣き出した。

私のせいだ。私のせいだ。私が平野先輩にうら交番の話をしたから、時空が歪んで何かが変わって、私が平野先輩を……自分がまだここにいるということは、お祖父ちゃんは助かったんだ。お祖父ちゃんが死ねば、私が生まれなくなってしまうから、先輩は、命がけで、お祖父ちゃんを。

「落ち着いて、深呼吸しましょう」

救急救命士はそう言うけれど、恵平はしゃくり上げて止まらなくなった。桃田がそばへ寄って来て、恵平の体を抱きしめた。声を出さずに泣いている。平野の最期を思うとき、恵平は後悔だけを強く感じた。柏村を信じたことも、傲慢にも謎を解けると思ったことも、過去に何度も足を運んで事件を解決しようとしたことも、何もかも、自分の慢心のせいだと思った。ひよっこ警察官が思い上がって、走り回って、平野先輩を死なせてしまった。

――俺たちは警察官だ――

頭の中で平野が言った。

救急車は街をゆく。恵平は激しく泣いて、泣きながら病院へ運び込まれた。処置を受けて眠るとき、平野がまだ頭の中で、恵平に向かって話をしていた。

――肩書きの問題じゃねえぞ？　生き様の問題なんだよ――

彼は警察官だった。だから事件と向き合って、こんなに酷い事件を経験しても、もっと厳しい部署への異動を望んだ。私が憧れた警察官は、口が悪くてぶっきらぼうで、優しくて強い人だった。

泥沼に沈み込むような眠りに落ちたあと、恵平は静かに目覚め、そしてようやく、見舞いに来た伊倉巡査部長に事の顚末を聞かされた。

「瓦礫をすべて取り除いたが、平野の体は見つからなかったよ」

伊倉巡査部長がそう言った。

「誰の遺体も見つからなかった。出てきたのはスーツと特殊警棒、血と肉片だけだった。DNA鑑定の結果、血液は三人のものだった。平野と堀北、不明の男性」

それはお祖父ちゃんだと恵平は思った。

「あと……平野の髪と肉片が、コンクリートに付着していた」

恵平は強く目を閉じた。血の味がするほど唇を嚙んでも、頭の中がとっちらかって、なにも考えることができなかった。繰り返し思うのは、自分が先輩を殺してしまったということだけだ。彼は昭和の崩落現場で、身元も人数も判明しない犠牲者の一人になったのだ。

一方で、平野が残したビデオ映像を根拠に、捜査本部は鵜野重三郎に事情聴取を求めたという。うら交番の噂を知る者たちは昭和の交番が映るビデオに驚愕したが、捜査本部は撮影場所など問題にはしなかった。ところが鵜野は辞任届を残して消えていて、行方は捜索中だと伊倉巡査部長は言った。

どこを捜しても見つかるはずない。鵜野は昭和の崩落現場で木っ端微塵になったのだから。恵平はそれを知っていたけれど、敢えて報告しなかった。

伊倉巡査部長は続ける。

「鑑識の伊藤から聞いたがね。『匣』のことだよ。今回のことで、ターンボックスには捜査のメスが入るだろうけど、結局のところ鵜野が捕まらない限り『匣』の全容は解明できないだろうなあ……河島班長が平野の家族に会いに行ってね、話をしたそうだ。父親は医者で、爆破事故の現場で遺体の身元確認をしたこともあると言ったらしい。『認定死亡』というそうだがね、戸籍法上に規定される死亡届があるんだよ。官公庁が調査して、死体がなくても死亡証明が成される。そうなりますねと先方から言われて……すごいお父さんだ、理解を示してくれたようだとね。もちろん河島班長は、うら交番のことには触れなかったそうだ。言っても信じまいからね」

伊倉巡査部長の言葉は体の表面だけを撫でていく。

「なあ、堀北……」

伊倉は少しばかり間を置いてから、横たわる恵平にこう言った。

「だけど、もし、きみや平野があちらとこちらを行き来して『匣』の親玉を叩いたのなら……」

恵平は目だけを動かして伊倉の顔を見た。伊倉は柔和に微笑みながら、痣で紫色になった恵平の顔を見下ろしている。

「これから高橋祐介のような殺人鬼の犯行が次々と明るみに出ることだろう。もう、誰も『なかったこと』にはできないからな。マル被は犯罪を隠せなくなった。親玉に連絡する術はもうないからな……堀北と平野は、よくやった」

涙が涸れるほど泣いたのに、まだ泣けるんだと恵平は思った。伊倉巡査部長は孫をあやすように恵平の額に手を置いて、静かに病室を出て行った。

彼が持って来てくれた花束には、丸の内西署の仲間たちから、たくさんのカードが添えられていた。ほかにダミさんが持って来てくれたカゴ盛りがあって、ペイさんや徳兵衛さんの下手くそな折り紙で飾られていた。贈り物カードに書かれた宛名は『お姉ちゃんお巡りさんへ』、そして『交番へ帰ってくるのを待ってるよ』と、メッセージが添えられていた。

恵平は薬で眠り、闘うつもりでごはんを食べて、心配して駆けつけてくれた両親のことは『診療所が大切だから』とすぐに帰して、一週間程度で退院した。

平野を喪ってしまったというのに、自分だけが病院のベッドにいるなんてことは、許されないと思ったからだ。

恵平たちがうら交番に迷い込んでからほぼ一年後。

平野腎臓刑事の葬儀は警察学校で執り行われた。

真っ青に澄みきった初冬の空を飛行機雲が切り裂いていく。警視庁の本部長や都知事や区長、総勢百数十名を超える参列者の中に恵平もいて、制服に身を包んで平野を送った。白菊で飾られた祭壇には制服姿の平野の遺影が、少しはにかんだ様子でこちらを見ていた。捜査中に起きた事故で殉職した平野刑事は二階級特進。棺(ひつぎ)には遺体の代わりに警察手帳が入れられている。

祭壇の前に一列に並び、平野の遺影に敬礼したときも、恵平は彼にかける言葉をまだ持てなかった。自分が正しかったとは思えない。彼を死なせてしまったのだから。どうすればよかったのかもわからない。ただ、自分が無謀で、無鉄砲で、考えなしで浅はかで、彼を巻き込んでしまったことだけを考えていた。

ご遺族に頭を下げるとき、初めて平野の家族を目にした。父親は外科医で、『臓』のつく臓器は人体の肝心要(かなめ)だからと、三兄弟を上から順に、心臓、腎臓、肝臓と名付けたそうだ。平野の二人の兄弟は、真っ直ぐに背筋を伸ばして両親の並びに座っている。長男は結婚しているようで、三男はまだ学生のようだった。

彼らは家族を喪ったのだ。それはどれほどの不幸だろうか。恵平はかたく唇を噛み、自分には泣く資格すらないと思った。うら交番のジンクスは平野の死で半分当たり、恵平が生き残ったことで半分だけ迷信になった。うら交番は二度と警察官を昭和へ呼ばない。道は閉ざされ、永田は死んで、柏村さんも死んでしまった。平野先輩を道連れにして。

私が時空を歪めたせいだと恵平は思い、立ち直らなきゃと顔を上げるたび後悔に苛まれ、グルグルと同じ悲しみを味わい続けた。そして平野の遺影が柏村のそれと同様に顕彰コーナーに掲げられる日を悼んだ。

澄みきった空は平野の魂を天空高くへ誘おうとしていたけれど、風が爽やかに上がって行く先を見上げてさえも、恵平は自分を許すことができないでいた。


――焼き鳥食べに来ないかい？――


スマホにダミさんからのメールが届く。恵平は返事もできずにメールを閉じる。

「堀北の好きな京都の柴漬け買ってきたよ。冷蔵庫に入っているから」

先輩の山川巡査が気を遣ってくれる。まかないごはんのおかずにと、駅地下のショップで恵平が好きそうなものばかりを買い込んでくる。作り笑いで礼を言い、けれど恵平は前のようにごはんを食べることができない。平野先輩は死んだのに、自分が楽しんでいいはずがない。そんなふうに思ってしまう。

東京駅の丸の内側では、ペイさんが恵平の来るのを待っている。ときおりは徳兵衛さんと二人で空っぽの靴磨き椅子を見守っていることもある。あの日、泥だらけの傷だらけになってしまった官給の靴を、恵平は箱に入れてしまい込んでいる。ペイさんならきれいに磨いてくれるとわかっているのに、それをすることができないで、新しい靴をおろして履いた。ペイさんの手が入らない官給の靴は硬くて歩きにくいのに、それが自分への罰だと思うと気持ちが安らぐ。平野先輩には未来がないのに、自分がそれを楽しんでいいはずがない。

でもきっと、平野先輩なら「バカか」って言う。

「暗い顔してんじゃねえぞ、ケッペー。おまえの取り柄といったらな、よく喰うことと飲むことと、無鉄砲でめげないとこじゃねえのかよ」

恵平はまた泣いた。こんな自分を平野先輩は望まないし、しっかりしないと彼が悲しむ。頭の中ではわかっていても、恵平はまだそれができない。別れる瞬間にスマホを託されたこと、大切な警察手帳の紐をほどいてお祖父ちゃんの脚を縛っていたこと、ピーチと水品を呼んでこい、そう頼まれたことなどが、激しくフラッシュバックしてくるのだ。しばらく休みを取れと言われたけれど、それすら怖くてどうにもできない。恵平は粉々になった心を抱えて、なんとか交番に立っている。不幸とはまったく関係ない顔で道を訊ねに来る人や、ロッカーの場所がわからなくなった人たちと接しているときだけが、今の救いで、癒やしであった。

夕暮れが早くなり、木枯らしが吹いて、いなくなってしまった平野のことが次第に話題から遠ざかってきたある日のこと。

仕事終わりに恵平は、珍しく更衣室の前で自分を待っていた桃田と会った。

「お疲れ」

と、桃田は言って、悪戯っぽい顔をして訊いた。

「明日は非番だったよね？　ちょっとぼくに付き合ってくれない？」

「……いいですけど」

と、恵平は答えた。

「じゃ、決まり。午前九時に東京駅の丸の内南口で待っているから」

「どんなご用ですか？」

桃田は答えず、ニヤリと笑っただけだった。

午前九時五分前。ラフな服装にスニーカー履きで待ち合わせ場所へ向かうと、桃田はすでに来て待っていた。あちらもラフな服装で、それでもお洒落で目を惹いた。彼が警察官で、しかも鑑識の撮影技官だなんて、誰も想像できないだろう。鑑識官は凄惨な現場へ最初に呼ばれて捜査をするのに、どうしてピーチ先輩は、こんなにも涼しげでいられるんだろう。自分は弱すぎたのかもしれない。それなのに強くあろうとして……またも負のスパイラルに陥りそうで、恵平は大きく息を吸い込んだ。ケガの痛みは消えたけど、今は自分が痛んだり苦しんだりすることだけが救いに思える。

「おはようございます」

と挨拶すると、桃田はニッコリ微笑んで、

「じゃ、行こうか」

と、恵平に言った。どこへ行くのか、何をするのか、教えてくれない。

大手町駅まで歩いて地下鉄に乗った。高田馬場で、西武新宿線拝島行きの急行に乗り換えた。桃田は多くを語らずに、でも恵平の体調を訊いてきた。顔面の痣は薄くなったけど、紫色が消えるにつれて黄色や青色が浮き出して、交番で道案内しているときにも驚かれるほどだ。普段はすっぴんの恵平だけれど、今日はコンシーラーを塗ってきた。こんな顔の女性を連れ歩いては、桃田が恥ずかしかろうと思ったからだ。

「浦野さんからお悔やみをもらったよ」

車窓に流れる風景を見ながら桃田が言った。

「だから彼には話しておいた。堀北と平野が鵜野を追い詰め、彼が永田哲夫であることを知り、最終的にどうなったかをね」

「浦野さんはなんて言ってましたか？」

桃田はチラリと恵平を見た。

「不思議だなって……でも、まあ、そういうもんだよなあって」

「そういうもんって、どういうもんですか」

街の風景が線路脇を駆け抜けていく。ビルもあれば家もある。公園も見えるし学校もある。車窓に向けた看板は垢抜けないけれどインパクトがあって、東京は凄まじい早さで変わっていると思ってきたけど、そうでもないのかもなと思う。

「浅川さんも堀北のことを心配してたよ。思えば今回の不思議な事件は、決して柏村さん一人がかき回していたんじゃないのかもね。堀北が落とし物を拾ったメリーさん、ぼくらと柏村肇さんをつないでくれた亡き警視総監も、うら交番へ行ってから亡くなった伊藤さんの同僚も、たぶんペイさんや徳兵衛さんも、ダミさんもね、ぼくらも含め……どのピースが抜けても真相に辿り着けなかったと思うんだ」

桃田が言わんとしていることはなんとなくわかる。でも、うら交番は、どうしてこんな悲しい結末を自分に迎えさせたのだろうか。たぶん私がいけないんだ。平野先輩の警告を聞かなかったから。二度と来るなと言った柏村さんの声を聞かなかったから。

「とても大きな力が働いたんだと思う。堀北が何をしようと、それは止められなかったんだ。平野はね……」

桃田はそこで言葉を切った。その先に何を言うのだろうかと思っていたけど、彼はそのまま黙り込み、恵平と一緒に外を見ていた。

列車は走り、次第に郊外へと抜けて行き、そして二人は花小金井駅に降り立った。東京に出てきて随分経つけど、捜査や仕事以外で東京駅を離れたことはなかったなと思う。説明もなく桃田は先へ行き、やがて巨大な公園へと恵平を誘った。

「来たことある？」

と、訊いたので、

「いえ。初めてです」

と、恵平は答えた。

桃田は微笑み、森の中へと入って行く。『小金井たてもの博物館』と看板があった。樹木に覆われた駐車場を通り過ぎると広大な芝生の庭が現れて、その奥に博物館のような立派な建物が立っていた。入場料を払って中へ入ると、実はそれは入口に過ぎなくて、抜け出した場所から先に実物大の様々な建造物が展示されているのだった。

「うわ……お洒落ですね。それになんだか懐かしい。昔の映画に入ったみたい」

令和の同じ風が吹き、令和の鳥が鳴いているのに、建物は昔風で、でも美しい。

「敷地内に復元建造物を展示している施設なんだよ」

昭和を思わせる場所へ誘ってくれたのだと気がついた。桃田だって平野を喪ったのに自分を心配してくれて、恵平は胸が熱くなる。こんなふうに優しく、強くなりたいと思う。どうしたらこの悲しみから抜け出すことができるんだろう。

敷地内に降り立つと、前方に赤い霊廟が見えた。敷地は広く、様々な歴史的建造物が復元、展示保存されているようだ。上辺だけのタイムスリップを楽しみながら、恵平は桃田と施設を巡り、やがて昭和の町並みを模したエリアに出た。

昭和初期の居酒屋や民家や商家が並ぶエリアには、恵平がうら交番の近くで目にした板塀や古い自転車などがあり、あの日の景色が今に蘇ったかのようだった。下駄履きの若い祖父や、うら交番前の空き地に捨てられていた自動車や、ドブ臭い空気を嗅(か)いだ気がした。もしも平野が生きていて、向こうの時代に取り残されて、何かの拍子にこの場所と向こうがつながって、角を曲がったらそこにいて……そんなことを考える。もしも、ほんとうに、そんなことがあったなら……恵平は走り出す。

前方にあるのは小洒落(こじゃれ)てモダンな建物だった。前面を銅板で覆った和洋折衷の建造物は、昭和の町並みを模したエリアの終わりに、同じくらいモダンな荒物屋と並んで立っていた。道のどんつきに電車が置かれ、そこで昭和のエリアが終わる。

恵平は電車の前まで走って行くと、曲がった先に平野を見たいと切に願った。立ち止まって目を瞑(つぶ)り、開けて左右を見回したとき、桃田が近くに来て訊いた。

「見えた？」

恵平は言葉を失った。

右手にあるのは小さな川と、やっぱり小さな石の橋。赤くてかわいい郵便ポスト。そしてポストの後ろには、東京駅うら交番が鎮座している。

アーチ形の庇(ひさし)の下に丸くて赤い電球があり、建物は石造りで煉瓦(れんが)風タイルが貼ってあり、跳ね上げ式の細長い洋風窓や、柏村がいつも開け放っていた入口もそのままだ。

「……なんで」

と、恵平は呟いた。

信じられない。高架下の通路や電気店はないけれど、それは間違いなくあの交番だ。柏村がほうじ茶を淹れてくれた東京駅うら交番だ。

「平野のスマホに交番の映像があったろ？　それでちょっと調べてみたら、建物が移築復元されているってわかったんだよ。解体して再構築したんじゃなくて、そのままトレーラーに載せて曳家したそうだ」

恵平は吸い寄せられるように交番へ入った。間違いなく柏村の交番だ。ブリキのヤカンでお湯を沸かして、ほうじ茶を淹れてくれたコンロも、シンクも、そのままに残されている。大学ノートを置いていたデスクも、メリーさんの落とし物を拾った時に詳細を書いた脇机もある。黒い電話やちぐはぐな椅子はないけれど、きれいにペンキを塗り直されている以外、うら交番はそのままの姿で残されていた。警察官見習いの研修中、初めてここへ迷い込んだ夜のことが思い出された。着任して五日目の夜だった。拾った風呂敷包みを届けるために交番を探して、ここへ来たのだ。仕事終わりにお酒を飲んで、いい気分に酔っ払っていた。

「酔っているなら、代わりに本官が書きますか？」

拾得物預り書ではなく大学ノートに記載を促され、面食らったときの台詞すら聞こえてくるようだ。酔い覚ましにと柏村は、熱いほうじ茶を飲ませてくれた。

初めて宿直室にも立ち入った。腰掛けられる程度の高さの床に、畳が二枚敷かれていた。一度だけ真夜中に交番を訪ねて、寝ている柏村を起こしてしまったことがある。あのとき彼はここで仮眠を貪っていたのだ。畳の前にはシンクがあって、シンクの脇にはコンロがあった。空き缶が一つ置いてあり、擦ったマッチを捨てていた。あのほうじ茶はこのコンロで、お湯を沸かして淹れてくれたものだった。

――悪意は人に感染するものだし、警官は常に悪意と接するからね――

あの夜の柏村が恵平に言う。

――だから事件は解決させて、解決できるものだということを自分自身に教え込まなきゃならんのだ。そうでなければ人を信用できなくなるし、人を信用できなくなれば、警察官ではいられない――

俺たちは警察官だ。と、平野は言った。

肩書きの問題じゃねえぞ？　生き様の問題なんだよ。

恵平は、時空を超えて事件を解決した柏村と、最後まで警察官だった平野の二人に『おまえはまだ警察官か？』と訊かれた気がした。六十年前のあの夜に、工事現場で、命がけで、自分と平野を守ろうとしたお祖父ちゃんにも、同じことを訊かれた気がした。コンロの脇は、木製の扉が付いた物入れになっていた。六つの扉にレトロで丸いノブがある。

――本当に貴重なものは、残るんだからな――

お祖父ちゃんは今際（いまわ）のときにそう言った。

あの時はどういう意味かわからなかったけど、当時のままの姿でここに残った東京駅うら交番を見ていると、柏村も平野も自分自身も、永田が起こした事件でさえも、一つの流れを形作っているように思われた。流れはこの先も続いて行く。どう続けるかを決めるのは、生きて今ここにいる自分の役目かもしれない。

執務室を見学していた桃田が宿直室にやって来る。恵平はノブに手を掛けて、物入れの扉を開けてみた。中は空っぽで、何もない。

上の扉も開けてみる。やはり内部は空っぽで、木の棚があるだけだった。

「今の交番と違って味があるよね。この板とかさ」

桃田の声を聞きながら、恵平は何もない戸棚に頭を突っ込んだ。隅っこや隙間が好きだから、こういう場所を見ると頭を入れたくなってしまうのだ。すると、

「あれ？」

恵平は棚板を見上げて呟いた。

「ネズミでもいた？」

「そうじゃなく、誰かが落書きしています」

「落書きも歴史だと思って残したのかな。相合い傘とか？　まさかね」

恵平はスマホを出してライトを点けた。それは棚板の裏側の、頭を突っ込まなければ見えない位置に、細いマジックのようなもので書かれていた。背伸びして照らしていると、桃田も頭を突っ込んで来た。こう書かれている。

――オマエノセイジャナイカラナ　KEPPEI――

恵平はスマホを落としそうになった。桃田がそれを取り上げて、カメラにして落書きを撮った。そして画面で改めて書かれた文字を確認した。

オマエノセイジャナイカラナ　KEPPEI
おまえのせいじゃないからな、恵平。

それは平野の声で再生されて、恵平の胸に響いた。

おまえのせいじゃないからな、ケッペー。

「……え……」

恵平は唸った。桃田と一緒にスマホを握り、互いの指が重なった。

「平野」

桃田は呟き、裸眼で確認するために、もう一度棚板の奥を見に行った。そして言う。

「幻じゃない。書いてある」

「……え」

と、恵平はもう一度言った。なんで？　どうして？　わけがわからない。

ほかの見学者が表を通る。桃田は戸棚の扉を閉めて、二畳の畳に恵平を腰掛けさせた。スマホに浮かんだ文字を見て、やがて桃田はこう言った。

「平野がメッセージを送ってきたんだ。うら交番を利用して」

「交番があっちの世界とつながっているって言うんですか？」

あっちの世界、つまりあの世と。

「そうじゃない。たぶん平野は死んでないんだ。昭和の時間軸に取り残されたけど、死んではいない。彼は生きて……そのことを堀北に伝えたかったんじゃないのかな。この建物が残っているとわかったら、堀北はきっと見に来るだろ？　平野もそれがわかっていたから、隙間好きな堀北が見るはずの場所にメッセージを残したんだよ」

恵平は顔を上げた。

「じゃ、平野先輩は生きているってことですか？　今、このときも、こっちの世界に」

「生きているとしても高齢になってるよ」

「かまいません。生きているなら会いたいです」

桃田は複雑な顔をした。

「鵜野重三郎くらいの歳だよ？　生きているかな？」

「だからメッセージを残したんでしょうか。ここに……でも、少なくとも交番がこの場所に来てから書いたってことですよね」

「パンフレットによれば、交番が復元されたのは平成五年だ。少なくとも平野はその後に、ここへ来てあれを書いたってことか」

恵平は両手で自分の口を覆った。平野と過ごした最後の時が、頭の中で再生される。行けと言われて二人を残してしまったこと、そのときメリーさんのお守りを平野の首に掛けたこと。一瞬の抱擁。彼の眼差し(まなざし)……。

「あっ！」

恵平はスマホを引き寄せると、故郷に電話を掛けて実家の祖母を呼び出した。

桃田はそれを見守っている。

「もしもし？　お祖母(ばあ)ちゃん？　私、恵平」

祖母は喜び、体はどうかと訊(き)いた。

「大丈夫。もう元気になったから」

桃田の顔を見ながら言った。

「それでね？　急いで訊きたいことがあるの。お祖父ちゃんのことだけど」

心臓がドキドキしてきた。耳に押し当てたスマホが汗で湿って、恵平は呼吸が苦しくなった。

「お祖父ちゃんって、両足に傷があったかしら？　膝から下とか、膝から上とか、大きな傷跡が残っていたかな？」

それは若い祖父が崩落現場で脚を挟まれた箇所だった。平野のおかげで生き残ったなら、酷い傷跡か、後遺症があったはず。祖母は答えた。

「なんなの？　急に……お祖父ちゃんはね、足に傷なんかなかったわよ？」

恵平はギュッと目を瞑り、曖昧な挨拶をしてスマホを切った。

心配そうな顔で覗き込み、桃田が訊いた。

「なにを知りたかったの？」

メガネの奥の瞳は誠実だ。桃田は夢見がちな性格ではないし、鑑識官は事実を壊さず残して追求していく仕事だ。本来なら、うら交番の噂なんか否定していいのに、彼は自分や平野先輩の話を頭ごなしに否定したことはない。恵平は桃田に訴えた。

「向こうの地下で崩落事故に遭ったとき、お祖父ちゃんは脚を挟まれて動けなくなっていたんです。出血が酷くて、平野先輩は警察手帳の紐をほどいて止血しました。そしてそのとき上着を脱いで、お祖父ちゃんの体を保護したんです」

「うん。それで？」

「夏休みに故郷へ帰ったとき、お祖父ちゃんの書斎を調べてうら交番の秘密を知ろうとしました。そのとき、私物の中に、私がメリーさんからもらったのと同じお守りが入っていて……」

「そういえば、堀北のお守りはどうしたの？」

「穴を出るとき平野先輩の首に掛けたんです」

「えっ」

　と、桃田は小さく叫んだ。恵平が言いたいことを理解したようだった。

「それだけじゃないんです。お祖父ちゃんはメリーさんのお守りと一緒に、うら交番で会った堀北清司さんの白黒写真と、彼が捨てられたときに持っていたという古いお守りを保管してました。写真は泥にまみれていて……だから、私……ああ……」

　恵平は両手で顔を覆うと、覆ったままで先を続けた。

「……名前……私の名前です……平成五年ならお祖父ちゃんは生きていた。もしも、お祖父ちゃんが、うら交番がここに移築されると知ったとして……」

「彼はここへ来てメッセージを残した。堀北が自分を責めないように」

「お祖父ちゃんが堀北清司なら、脚にケガの痕があるはず。でも、お祖母ちゃんは、そんなキズはなかったと」

隣にドスンと桃田が座った。両膝の間で指を組み、夢見るような調子で言った。

「死んだのは平野じゃなくて堀北清司か……平野は彼の戸籍を借りて、堀北清司として生きた……」

「それで全部つながります。私たちが過去へ行って時空を歪めたわけじゃなかった。私の名前も恵平でなければならなかった。お祖父ちゃんが信州へ来たのも……」

「そこなら堀北清司を知る人がいないから……平野は、どの時点でそれを知ったのかな？　生まれた孫が堀北だって、どの時点で納得したのかな」

それを思うと胸が痛んだ。知らない時空で、たった独りで、彼はどう生き抜いて、何を思って人生を終えたのか。

恵平は胸が震えた。祖父の最期を知っているから余計に、どう考えたらいいのかわからなかった。お祖父ちゃんは私が警察官になると知っていたのだ。知っていて、でも決して未来を誘導しようとしなかった。総てを胸に秘めてなにも語らず、大切なことだけを教えてくれた。

人とは魂で接しなさい、それで躓いたとしても恥じないことだと。

修復された交番は生活の匂いがまったくしない。ここにいた柏村や、酔っ払いのケンカを知らせに来た近所の人や、電気店の子供の声や、犬の遠吠え、豆腐屋のラッパ……平野が取り残された時代は影になり、気配になって、レトロな建物内に漂っているだけだ。

「……ああ」

恵平は両手で顔を覆って泣いた。涙はサラサラと頬を流れて、交番の外から風が吹き込み、恵平と桃田を撫でていく。恵平の肩を桃田が抱いた。恵平は歯を食い縛って平野を思う。追いかけていたのは先輩刑事の平野で、それはあれほど愛した祖父とは別人に思えた。けれど、でも、平野は言った。

自分は警察官で、それは生き様の問題なのだと。そうなら祖父も警察官だったのだ。だから自分は同じ道を選んで進んだ。そう考えたら腑に落ちた。彼はずっと守ってくれた。私をずっと守ってくれた。

恵平は目を開けて、うら交番の狭いシンクとコンロを見つめた。そして両手を胸に当て、警察手帳を強く握った。

崩落事故と祖父の死で、恵平は平野を二度喪った。

だから、もう二度と、絶対に、彼を喪ったりしない。
恵平はそう考えていた。

エピローグ

　二年後。爽やかな秋晴れの日であった。

　八王子駅に降り立った恵平は、桑の木並木まで来ると、思わず足を止めて目を丸くした。故郷の山にも桑の木はあるが、これほどの大木になるとは知らなかった。しかもこの通りにはそんな桑の木が何本もある。こんなに大きく育っても、初夏には実をつけるのだろうか。桑の実は甘くて美味しくて、唇が紫色になるまで食べたものだけど、見上げるほどの大木になったらどうやって実を採るのだろうか。

　自分が木に登っている姿を想像し、東京の人たちは桑の実なんか食べないのかな？と思って自分を笑った。

　この街は大学生の姿が多い。大学のバスが街中を走り回っているし、駅にも学生たちが多かった。平野はここへ異動したいと望んでいたけど、こんなに長閑で明るい街に猟奇犯罪捜査班があるなんて、いったい誰が思うだろうか。

官給の靴はペイさんに磨いてもらったものだ。しっくりと足になじんでとっても軽い。丸の内西署を出るときに、ペイさんはこう言った。

——いいよ、いいよ。ケッペーちゃんは若いんだから、やりたいことをなんでもやっていくのがいいよね——

今までのようには会えなくなると、恵平は寂しく思っていたのだけど、ペイさんは歯のない口でニカリと笑った。

——先に行く人がね、頑張って技術を身につけるよね？　そしたらそれを次の人に教えて、それで終わりじゃないんだよ？　おいちゃんもね、親方に靴磨きは教わったけど、靴にピッピと水をかけて磨くのは、色々考えて始めたことなんだよ。それを次の人に教えるだろ？　そうしたら、次の人はそっから先を考えて……そうやって、人はみんな次の人の中に生きるんだよねえ。メリーの婆さんの餅屋もさ、先代が餡の味を調えて、婆さんたちが硬くならない餅を作って、今は二人の息子がさ、もっと旨いのをこしらえて——

ペイさんの話は思いがけず長かった。でも恵平は、ずっと聞いていたかった。ペイさんはきっと、こう言いたかったのだと思う。平野の仕事ぶりをしっかり踏まえて、そこから先の仕事ができる刑事になれと。

人も警察官も間違いを犯す。柏村が永田刑事に伝えた言葉を楔（くさび）とし、恵平はどこまでも平野を追いかけていくことにした。だから刑事を志願した。

明日からは平野が焦がれたこの街で、新しい部署で働くのだ。街の様子を眺めつつ、ダミちゃんに代わる店を探した。少しずつでいいから慣れていこう。焦って転んでしまうより、実直に仕事を覚えていこう。平野先輩ができないのなら私がやる。そしていつか、浅川刑事や浦野さんのような捜査官になっていくんだ。

建て替えられて間もない八王子西署はピカピカの建物だった。

十月のある日。八王子西署刑事組織犯罪対策課にある班に、新米の女性刑事が着任する。真新しいスーツにショートボブ、履き慣らした官給の靴はピカピカだ。彼女は風を纏（まと）ってやってきて、むさ苦しい刑事部屋に入るなり姿勢を正して言った。

「本日付けで厚田（あつた）班に配属されました堀北恵平です。どうぞよろしくお願いします！」

厚田班の刑事らはまだ初々しい彼女に視線を送り、（また、声だけは元気な指示待ち刑事が入ってきたな）と考える。こいつを一人前にするのは大変だ。

けれども恵平の考えは違う。

警察学校で誓いを立てたあの瞬間から、自分はすでに、そして一生警察官だ。自分のためには頑張れなくとも、誰かのためなら頑張れる。それは肩書きの問題ではなく、生き様の問題なのだと。

——Thank you so much.

あとがき　東京駅おもてうら交番の裏話

子供の頃、家の近所に小さな交番があって、用水路程度の幅しかない鐘鋳川(かない)に土台を渡してその上に建っていた。箱のようなかたちで、軒先に赤くて丸い電球が下がり、制服姿のお巡りさんが常駐していた。

交番の近くには駅や銀行や駄菓子屋や本屋などがあったので、子供の低い目線だと落ちている小銭がよく見えた。拾った子供はヒーローで、『駄菓子屋で菓子買っちゃおうぜ』などという展開にはならず、みんなでゾロゾロと交番へ届けに行った。とても正しい子供たちだったなと思う。でも実際は、正しいとか正しくないとかの深い考えがあったわけではなくて、『落とし物は交番へ』という標語のような行動をなぞることが正義だと、単純に信じていただけだ。

箱のかたちの交番は執務用の机に小口がよれよれになった大学ノートがあって、ノートは端に穴が空けられ、綴(つづ)り紐(ひも)を通してフックに掛けられていた。

「お金を拾いました」

と小銭を渡すと、お巡りさんはよれよれの大学ノートにエンピツでおざなりなメモを書き込んで、「ごくろうさん」と受け取ってくれる。それが落とし主の許へ返ったという知らせはこなくても、よいことをした満足感で誇らしく交番を後にした。

ところがある日、いつものように拾った十円玉を届けに行くと別のお巡りさんがいて、「預かっても仕方ないからきみにあげるよ」と、返された。

「財布や免許証なら取りに来るけど、十円を取りに来る人はいないんだ」

大人になった今ならば、その理屈にも納得がいく。

けれど子供だった自分は『落とし物は交番へ』という標語の意味や、十円玉と財布と免許証が『落とし物』としてどう違うのかがわからず混乱したし、混乱したことを伝える語彙すら持っていなかった。ネコババは悪いことではないのだろうか。それでは小銭を拾った場合、ネコババしてもいいのだろうか。ネコババは悪いことではないのだろうか。子供の世界は単純明快にできている。十円玉を拾った場合の選択肢は、よいことと悪いことの二択しかなかったのだ。以来、拾った小銭は交番へ届け出ず、神社の賽銭箱に放り込まれた。

その交番からお巡りさんが消えたのはいつだろう。小銭を届けなくなってしばらく過ぎて、ふと気がつくと、交番は入口が閉ざされて物置のようになっていた。今はどうなっているのだろうか、建物があるのかすらわからない。

東京を歩いていると、たまさか古い交番の建物に出会う。そして、ふるさとの交番とはまったく違う造りであるのに、懐かしくて立ち止まってしまうのだ。それらは近代的な風景の狭間にモニュメントよろしく建っていて、過ぎ去った昔を連想させる。そこにお巡りさんはいなくても、小口がよれよれになった大学ノートや、エンピツ書きのメモを思い出し、あれは正式な記録ではなく、お巡りさんが子供のために作ってくれた『それ用』のノートだったんだなと納得する。同じ机に置かれた貯金箱、食堂の電話番号を記したボード、回覧板を束ねたファイル、そこにいたお巡りさんの顔だけが、おぼろげで思い出せない。

美しく生まれ変わった東京駅の煉瓦駅舎を舞台にしたのは、古い交番を知らない人でも昭和を想起しやすいだろうと思ったからだ。駅舎内部に残されている往時の壁や部品は過去が現在へつながっていると感じさせるし、明治から昭和にかけての建物群は懸命に背伸びしていた日本人の気骨が見えて愛しい。無様であることを厭わず、人がただ人らしく生きた時代に、作者として憧れがあるのだと思う。

この物語を書こうと思った初めの時は、東京駅から各地へ飛んで幅広い事件を解決する人の話にしようという構想だった。

けれど一巻目の『ＭＡＳＫ』を書いているとき、うら交番の柏村巡査が私に言った。

「そうではなく、過去と現在、未来に渡って、変わるものと変わらぬもの、変わるべきものと変わってはいけないものを書くべきだ」

東京駅と古い交番、その界隈を舞台にするなら、どうかそれを書いて欲しいと。

こんなふうにインスピレーションが降ってくるとき、私はそれを大切にする。そして申し訳ないけれど、すぐさま担当さんに連絡し、プロットの方向転換を申し出る。それを受け入れ、許してくれて、あまつさえサポートしてくれる人たちと仕事ができていることが、作家としての幸運だ。

近くて遠い昭和を描くことは、その時代をリアルに知る読者に記憶の世界を見せること。昭和はずいぶん長かったので、初期と後期では物の値段も交通もファッションも変化して、調べるほどに戸惑いも大きく頭が混乱する日々だったけど、当時の資料、当時の写真、当時の記事に当時の事件、それらを残してくれた人が大勢いたので大変助けて頂きました。

東京駅おもてうら交番の登場人物は特別な能力を持つわけではなく、凡庸で、一般的で、けれど真摯で熱心な、職業を愛するタイプが多い。何人かはモデルがいるけど、彼らは初めから職業の申し子だったわけでなく、仕事を続け、他者と関わることでプロフェッショナルになった人たちだ。ときにはつまずき、嫌になり、ときには泣いてふてくされてブチ切れて、誰かの助けを借りて再び進むの繰り返し。それは私やあなたが生きる世界に普通に存在することだ。だから私はそうした事象を少しだけ面白く書く。あなたが恵平や柏村になって作中に遊び、あなたの身近にいるダミさんやペイさんやメリーさんたちを探して欲しいと願いながら。

もしもそういう誰かが見つからなくても、頁を開けば柏村がいて、恵平がいて、平野や桃田や『東京駅周辺ダミさんズ』がいる。物語が終わった後でも時々思い出して頁を開き、彼らに会いに来て欲しい。東京駅おもてうら交番がそんな本になっていたのなら、物語を生み出す仕事冥利に尽きる。

本作を走らせていたわずか数年で、世界は急激に変化した。未曾有の感染症禍は未だに去らず、戦争が起き、度々の自然災害にも見舞われている。生活が翻弄されて不安を感じ、誰かのためにできることはないかと考える。一冊本を書くごとにニュースの不幸に心を痛め、こんな状況でも本を必要としてくれる人はいるのだろうかと考える。作家にできることといったら物語を生み出すことしかないというのに。

だから、また考えるのだ。自分はなにを書くべきか、なにを書いたら『世界』を届けることができるのだろうか。刹那の娯楽、逃避する世界、疑似体験や陶酔や恐怖、本が持つ力は色々あると思うけど、作家の魂は、新作の打ち合わせの中で編集者の一人が言った言葉に惹かれた。

――人を救う物語――

物語は誰かを救えないだろうか。柏村が怪物を救ったように。

悪意の裏のそのまた裏に、諦めることなく掘り下げて行ったその先に、光を見つけることはできないだろうか。切り捨てるのではなくつなぐこと、埋めるのではなく掘り返すこと、見限るのではなく信じること、現実世界では難しいそれらのことも、物語の世界でならば……。

こうしてまた、ひとつの世界を創り出そうとしている。

失うばかりの主人公でも、なにかひとつでも得るものがあったなら。ほんとうにそんなことができたなら、無様であることを厭わずに、人がただ人らしく生きる話を書けないだろうか。彼らは読者から遠くなく、身近で、どこにでもいて、あなたであり、私であり、誰かでもある。あなたのように泣き、私のように何度も挫け、でも誰かの助けを借りて立ち上がる。

次に書くのはそんな警察官たちが奮闘していく物語。『東京駅おもてうら交番』では描けなかった、『各地へ飛んで幅広い事件を解決する人の話』にしていく予定です。

新しい主人公たちのことも恵平たち同様に応援して頂けましたら嬉しいです。
長い間、『東京駅おもてうら交番』に伴走してくださってありがとう。どうか、また会えますように。

内藤　了

【主な参考文献】

『東京駅誕生―お雇い外国人バルツァーの論文発見』島秀雄編　鹿島出版会　2012年
『看板建築・モダンビル・レトロアパート』伊藤隆之　グラフィック社　2014年
『絵解き東京駅ものがたり　秘蔵の写真でたどる歴史写真帖』
廣部妥編　資料写真 山口雅人　イカロス出版　2012年
『東京駅の履歴書―赤煉瓦に刻まれた一世紀―』辻聡　交通新聞社新書　2012年
『元報道記者が見た昭和事件史』石川清　洋泉社　2015年
『〈物語〉日本近代殺人史』山崎哲　春秋社　2000年
『江戸東京たてもの園　解説本　収蔵建造物のくらしと建築』
公益財団法人 東京都歴史文化財団 江戸東京たてもの園　2003年
『丸の内一丁目遺跡』
日本国有鉄道清算事業団　千代田区丸の内1－40遺跡調査会　1998年
『東京駅八重洲北口遺跡』
千代田区東京駅八重洲北口遺跡調査会編　2003年
災害時の遺体管理　汎米保健機構／世界保健機関　2011年
https://www.niph.go.jp/publications/saigaiji.pdf

本書は書き下ろしです。

この作品はフィクションです。
設定の一部で実在の事象に着想を得てはおりますが、
小説内の描写は作者の創造に依るものであり、
実在の人物、団体、事件等とは一切関係ありません。

LAST（ラスト）　東京駅（とうきようえき）おもてうら交番（こうばん）・堀北恵平（ほりきたけつぺい）

内藤（ないとう）　了（りよう）

角川ホラー文庫　23431

令和４年11月25日　初版発行

発行者――山下直久
発　行――株式会社KADOKAWA
〒102-8177　東京都千代田区富士見2-13-3
電話 0570-002-301（ナビダイヤル）
印刷所――株式会社暁印刷
製本所――本間製本株式会社
装幀者――田島照久

●お問い合わせ
https://www.kadokawa.co.jp/（「お問い合わせ」へお進みください）
※内容によっては、お答えできない場合があります。
※サポートは日本国内のみとさせていただきます。
※Japanese text only

ISBN978-4-04-112599-1　C0193

角川文庫発刊に際して

角川源義

第二次世界大戦の敗北は、軍事力の敗北であった以上に、私たちの若い文化力の敗退であった。私たちの文化が戦争に対して如何に無力であり、単なるあだ花に過ぎなかったかを、私たちは身を以て体験し痛感した。西洋近代文化の摂取にとって、明治以後八十年の歳月は決して短かすぎたとは言えない。にもかかわらず、近代文化の伝統を確立し、自由な批判と柔軟な良識に富む文化層として自らを形成することに私たちは失敗して来た。そしてこれは、各層への文化の普及滲透を任務とする出版人の責任でもあった。

一九四五年以来、私たちは再び振出しに戻り、第一歩から踏み出すことを余儀なくされた。これは大きな不幸ではあるが、反面、これまでの混沌・未熟・歪曲の中にあった我が国の文化に秩序と確たる基礎を齎らすためには絶好の機会でもある。角川書店は、このような祖国の文化的危機にあたり、微力をも顧みず再建の礎石たるべき抱負と決意とをもって出発したが、ここに創立以来の念願を果すべく角川文庫を発刊する。これまで刊行されたあらゆる全集叢書文庫類の長所と短所とを検討し、古今東西の不朽の典籍を、良心的編集のもとに、廉価に、そして書架にふさわしい美本として、多くのひとびとに提供しようとする。しかし私たちは徒らに百科全書的な知識のジレッタントを作ることを目的とせず、あくまで祖国の文化に秩序と再建への道を示し、この文庫を角川書店の栄ある事業として、今後永久に継続発展せしめ、学芸と教養との殿堂として大成せんことを期したい。多くの読書子の愛情ある忠言と支持とによって、この希望と抱負とを完遂せしめられんことを願う。

一九四九年五月三日

ISBN 978-4-04-107784-9

KADOKAWA HORROR BUNKO
EVIL
イビル
東京駅
おもてうら交番
TOKYO STA KOBAN KEPPEI HORIKITA
堀北恵平
内藤 了
角川ホラー文庫

TRACE 東京駅おもてうら交番・堀北恵平

内藤 了

時代を超えて発生する猟奇殺人……その真相とは?

うら交番に行った警察官は１年以内に命を落とす――新人女性警察官・恵平と青年刑事・平野に残された時間はあと２ヶ月。そんな中、うら交番の柏村が残した昭和時代の爪と毛髪のＤＮＡが現代の外国人失踪事件関係者のものと一致する。明らかになりだす昭和と令和を跨ぐ事件。そして再び浮上する死体売買組織「ターンボックス」の影……時代を超えて非道の限りを尽くす組織の正体とは。大人気警察小説シリーズ、クライマックスへ！

角川ホラー文庫

ISBN 978-4-04-111434-6